Bonnie Bryant

Die Zügel fest im Griff

Bonnie Bryant

Die Zügel fest im Griff

Aus dem Amerikanischen
von Simone Wiemken

Ravensburger Buchverlag

Deutsche Erstausgabe
als Ravensburger Taschenbuch
Band 8132
erschienen 2000

Die Originalausgabe erschien 1999
unter dem Titel Pine Hollow: Reining in
bei Bantam Books, New York

Umschlagillustration: Andrea Dölling unter Verwendung
des Originalumschlagfotos von Alan Kaplan

Redaktion: Silke Arnold

***Die Schreibweise entspricht den Regeln
der neuen Rechtschreibung***

Printed in Germany

5 4 3 2 1 04 03 02 01 00

ISBN 3-473-58132-1

Mein besonderer Dank gilt
Catherine Hapka für ihre Hilfe
beim Schreiben dieses Buches

Reiterhof Pine Hollow

Reiterhof Pine
Reiterhof Pine Hollow
Reiterhof Pine
Reiterhof Pine Hollow
Pine Hollow
Reiterhof
Reiterhof Pine Hollow
Reiterhof Pine Hollow
Reiterh

Erstes Kapitel

»Gibst du mir bitte den Kaffee, Julia?«

Gähnend griff Julia Atwood nach der weißen Keramik-Kaffeekanne und reichte sie ihrem Vater, der wie üblich zwischen seiner Frau Evelyn und dem Hochstuhl saß, auf dem Julias Halbschwester Lily über einem Teller voll Cornflakes thronte und unverständliche Laute ausstieß. Als Mr Atwood seiner Tochter die Kanne abnehmen wollte, strichen seine Finger versehentlich über ihren Handrücken.

»Danke, Liebling.«

In seiner Stimme war etwas, das Julia aufhorchen ließ. Verschlafen schaute sie ihn an und musste feststellen, dass er betrübt aussah. »Dad?«, sagte sie. »Was ist los?«

Mr Atwood lachte leise und schüttelte den Kopf. Dann senkte er den Blick und zog umständlich den Gürtel seines blauen Frotteebademantels fester. Julia vermutete allerdings, dass er das nur tat, um seine Gefühle wieder in den Griff zu bekommen. Wie Julia konnte auch ihr Vater es nicht leiden, wenn ihm jeder sofort ansah, was er dachte, nicht einmal, wenn es die eigene Familie war.

»Tut mir Leid«, sagte er einen Augenblick später. »Ich musste nur gerade daran denken, wie schön es ist, hier mit dir zu frühstücken. Falls ich es dir noch nicht oft genug gesagt habe: Dich die letzten Wochen hier gehabt zu haben, war wundervoll. Fast wie in den alten Zeiten. Den guten alten Zeiten.«

»Danke, Dad.« Das hatte er schon oft gesagt, doch Julia hörte es immer wieder gern.

»Das gilt auch für mich, Julia.« Evelyn griff nach der Kaffeekanne, die ihr Mann neben seinem Ellenbogen abgestellt hatte. »Wir haben uns daran gewöhnt, dich hier zu haben. Lily übrigens auch«, fügte sie hinzu und warf ihrer kleinen Tochter einen liebevollen Blick zu. »Du wirst uns fehlen, wenn du nächste Woche nach Virginia zurückfliegst.«

»Übernächste Woche«, verbesserte Mr Atwood. Er zwinkerte Julia zu und alle Betrübnis war aus seinem Blick verschwunden. »Glaube mir, ich zähle schon die Tage.«

Evelyn verdrehte die Augen. »Das habe ich nun davon, dass ich einen eierköpfigen Zahlenverdreher geheiratet habe.«

Mr Atwood rieb sich über den eindeutig nicht eifförmigen Kopf und tat so, als wäre er empört. »Pass bloß auf«, knurrte er.

Julia lächelte und sah ihre Stiefmutter an. Evelyn hatte sich das kurze blonde Haar aus der Stirn gestrichen, und wenn sie lachte, funkelten ihre grünen Augen. Sie unterschied sich so sehr von Julias Mutter mit ihrer blassen, ungesunden Gesichtsfarbe, dem trübseligen Ausdruck in den Augen, den ständigen Seufzern und bitteren Bemerkungen, dass Julia das Herz zu zerspringen drohte. Die Scheidung ihrer Eltern lag zwar nun schon einige Zeit zurück, doch Julias Mutter hatte es immer noch nicht geschafft, ihr Leben wieder in den Griff zu bekommen. Die gedämpfte, trübsinnige Atmosphäre in Julias Zuhause in Virginia war mit dem hellen, sonnigen und entspannten Gefühl, das sie hier in dem weißen Häuschen nahe dem Strand von Südkalifornien hatte, nicht zu vergleichen. Als Evelyn Julias Blick bemerkte und darauf mit einem warmen, offenen Lächeln reagierte, verstärkte sich dieser Kontrast noch. Die erste Mrs Atwood war nie besonders warmherzig oder offen gewesen – nicht einmal ihrer Tochter gegenüber. Und in letzter Zeit schien sie nichts anderes mehr zu interessieren als ihre Gruppentherapie – die Julia im Stillen »Jammertherapie« nannte – und lange, deprimierende Telefongespräche mit Julias Tante.

Doch zum Glück hatte Julia genügend andere Leute,

bei denen sie seelischen Beistand finden konnte. Zu ihnen gehörte ihr Vater. Zur Zeit der Scheidung war sie sehr wütend auf ihn gewesen – weil er sie verlassen hatte, weil er ans andere Ende des Kontinents gezogen war und weil er ihr Leben auf den Kopf gestellt hatte. Doch Mr Atwood hatte sich sehr bemüht, seiner Tochter klarzumachen, dass er sie immer noch liebte. Und irgendwann hatte sie begonnen, es ihm zu glauben.

Doch auch in der Zeit davor war sie nicht allein gewesen. Wie immer hatten ihre beiden besten Freundinnen ihr beigestanden. Julia hatte Jenny Lake und Laura Hanson einige Jahre zuvor im Reitstall von Pine Hollow kennen gelernt und seitdem waren die drei unzertrennlich. Ihre gemeinsame Liebe zu Pferden verband sie. Als sie noch jünger waren, hatten Julia, Jenny und Laura unzählige Stunden im Sattel verbracht.

Doch jetzt, wo sie älter waren, hielten sie sich zwar immer noch gern in Pine Hollow auf, aber irgendwie hatten sie dafür jetzt weniger Zeit – zumindest Julia und Jenny. Laura war immer diejenige gewesen, der die Pferde über alles gingen, und sie verbrachte auch heute noch den größten Teil ihrer Zeit im Stall. Julia lächelte bei dem Gedanken an ihre Freundin, die wie immer voll beschäftigt durch den Reitstall sauste, denn Laura hatte in diesem Sommer die Aufgabe der Vormittags-Stallmeisterin übernommen. Auf diese Weise konnte sie nicht nur etwas Geld verdienen, bevor die Schule wieder anfing, sondern auch wichtige Erfahrungen für ihren späteren Beruf sammeln, der auf jeden Fall etwas mit Pferden zu tun haben sollte.

Auch Jenny liebte die Pferde immer noch wie früher, vor allem ihre eigene Stute Belle. Doch wenn Julia es sich recht überlegte, hatte Jenny es schon immer geschafft, mehrere Interessen gleichzeitig zu verfolgen, wobei ihr Hauptinteresse jedoch immer dem Reiten gegolten hatte. Als die drei sich kennen gelernt hatten, war Jenny abwechselnd damit beschäftigt gewesen, allen möglichen Leuten Streiche zu spielen, sich mit ihren drei Brüdern zu zanken und möglichst viel Zeit mit ihrem Freund Phil Marsten zu verbringen. Mit Phil war sie noch heute zusammen, doch das Streichespielen hatte Jenny irgendwann aufgegeben – ungefähr zu der Zeit, als sie auch die Kampfhandlungen gegen ihre Brüder eingestellt hatte.

Über Letzteres war Julia besonders froh, denn sechs Monate zuvor hatte sie sich aus unerklärlichen Gründen Hals über Kopf in Jennys Zwillingsbruder Alex verliebt. Julia wusste, dass ihre Freundinnen immer noch nicht verstanden, wie das hatte passieren können, und sie selbst hätte es auch nicht erklären können. Das Einzige, was sie wusste, war, dass sie in der dunklen Zeit nach der Scheidung ihrer Eltern plötzlich lichte Momente gehabt hatte, in denen ihr auffiel, wie sich Alex' Haar auf der Stirn in die falsche Richtung kräuselte oder dass seine Stimme so tief geworden war, dass sie sich für sie anhörte wie Musik, die man immer und immer wieder hören musste. Und obwohl sie damals von einer Art Nebel umgeben war, war ihr doch gelegentlich aufgefallen, dass Alex ihre Blicke mit einem merkwürdigen Ausdruck in den Augen erwidert hatte.

Sich in Alex zu verlieben, war genau das, was Julia gebraucht hatte, um aus diesem Nebel herauszufinden, ihr Gleichgewicht wiederzuerlangen und ins Leben zurückzukehren. Sie wünschte nur, ihre Mutter würde einen ähnlichen Rettungsanker finden. Doch im Grunde war sie zu vernünftig, um in dieser Beziehung große Hoffnungen zu hegen, zumindest, was die nähere Zukunft betraf.

Mr Atwood und Evelyn beendeten ihren gespielten Streit mit einem Kuss und es herrschte wieder Frieden in der sonnigen Küche. Evelyn lächelte Julia an. »Du weißt sicher, was wir meinen. Wir werden dich vermissen.« Sie stand auf und ging zu Lilys Hochstuhl. Sie hatte kaum das weiße Plastiktablett zurückgeklappt, als die Kleine auch schon anfing zu krähen und die Arme nach der Mutter auszustrecken. Evelyn kehrte auf ihren Stuhl zurück und setzte sich das Kind auf den Schoß. »Dieser Besuch war einfach zu kurz.«

»Der Sommer ist wirklich wie im Flug vergangen, nicht wahr?«, bemerkte Julia und betrachtete Lily. Sogar in der Zeit, in der sie hier war, war die Kleine deutlich gewachsen und sie würde weiter wachsen; nur dass Julia dann nicht mehr da war, um es zu sehen. »Ich kann selbst kaum glauben, dass der Sommer fast vorbei ist. Ich weiß nicht, ob ich schon bereit bin, wieder nach Hause zu fahren.«

»Wirklich?« Die Augen ihres Vaters leuchteten auf. »Julia, wenn du jemals beschließen solltest …«

»Warte.« Julia hob die Hand, um die Begeisterung ihres Vaters zu dämpfen. »Bestell nicht gleich einen Möbelwagen. Das war nur eine unschuldige Bemerkung, die nicht ernst gemeint war.«

»Und warum hast du sie dann gemacht?«, fragte eine kleine Stimme in ihrem Hinterkopf. »Seit wann sagst du Dinge, die du nicht meinst?«

Julia kannte die Antwort auf diese Fragen nicht und verbannte deshalb die störende Stimme aus ihrem Kopf. Sie konnte später darüber nachdenken – zum Beispiel, wenn sie richtig wach war. Sie griff nach ihrer Kaffeetasse und nahm einen großen Schluck.

Mr Atwood grinste verlegen. »Tut mir Leid. Aber man darf doch noch hoffen, oder? Und falls du deine Meinung änderst und beschließt, die kalten Winter und den grauen Himmel hinter dir zu lassen, musst du wissen, dass es hier im sonnigen Kalifornien ein paar Leute gibt, die dich unheimlich vermissen werden, wenn du fort bist.«

»Ja, ich weiß«, sagte Julia langsam und dachte dabei an Alex, Jenny und Laura. »Aber vergiss nicht, dass es auch zu Hause in Virginia ein paar Leute gibt, die mich vermissen. Und ich vermisse sie ebenso.«

»Das wissen wir doch«, sagte Evelyn liebevoll. Sie legte ihr Kinn auf Lilys runden Kopf. »Wir vergessen doch nicht, dass du zu Hause eine Mutter hast, die die Sekunden bis zu deiner Rückkehr zählt.«

Julia verspürte einen Anflug von schlechtem Gewissen. An ihre Mutter hatte sie nicht gedacht, nur an ihren Freund und ihre beiden Freundinnen. Doch als sie an ihre Mutter denken musste, überfiel sie eine Welle des Heimwehs, wie sie es während ihres gesamten Aufenthalts noch nicht erlebt hatte.

»Anscheinend vermisse ich meine Mami«, dachte Julia leicht gereizt. Doch eigentlich war das nicht verwunderlich. Viel erstaunlicher war, dass es ihr tatsächlich ernst damit war, dass sie noch nicht bereit war, diesen Sommer in Kalifornien zu Ende gehen zu lassen.

Bei genauerem Hinsehen war es vielleicht doch nicht so erstaunlich, denn schließlich waren die letzten zwei Monate die interessantesten ihres ganzen Lebens gewesen und hatten außerdem viel Spaß gemacht. Welche andere Siebzehnjährige konnte schon von sich behaupten, am Drehort einer brandneuen Fernsehserie gearbeitet zu haben? Julia war überzeugt, dass sich die Erwähnung dieses Ferienjobs auf ihrer Collegebewerbung im nächsten Jahr gut machen würde – genauso gut wie das glatte Einserzeugnis, das sie schon seit vielen Jahren hatte.

Und dann war da noch all das andere, das in keiner Bewerbung auftauchen würde, wie zum Beispiel die Tatsache, dass sie den Sommer mit Pferden verbracht hatte, obwohl sie dreitausend Meilen von Pine Hollow entfernt war, und dass sie mit Skye Ransom zu tun gehabt hatte, einem begabten Schauspieler, der nur wenige Jahre älter war als sie. Sie kannte Skye schon seit Jahren – seit sie und ihre Freundinnen ihm das Reiten beigebracht hatten –, doch es war noch immer etwas Besonderes, ihn live zu erleben. Und obwohl Skye der Hauptdarsteller der neuen Serie war, war er nicht der einzige gut aussehende junge Mann am Set. Offenbar rissen sich all die jungen Stars aus Hollywood um eine Gastrolle in dieser Serie und Julia hatte sie alle kennen gelernt.

Es waren Dinge wie diese, die dafür sorgten, dass sie nicht allzu oft an ihre Freunde zu Hause dachte.

Julia fiel auf, dass sie so in ihre eigenen Gedanken vertieft gewesen war, dass sie eine Frage ihrer Stiefmutter glatt überhört hatte. »Wie bitte?«, fragte sie.

»Ich habe gerade gefragt, wann *Paradise Ranch* im

Fernsehen anläuft«, sagte Evelyn. »Du arbeitest nun schon den ganzen Sommer am Drehort und die Serie ist noch nicht einmal im Fernsehen.«

»Sie läuft in ein paar Wochen an, aber ich verstehe genau, was du meinst. Mir kommt es auch ganz komisch vor, dass bisher niemand die erste Folge gesehen hat. Ich habe mittlerweile das Gefühl, als würde es die Ranch und all ihre Bewohner wirklich geben. Ich weiß sogar schon, wer in der großen Weihnachts-Doppelfolge von der Herde durchgehender Pferde niedergetrampelt wird!«

Mr Atwood warf abwehrend die Hände hoch. »Verrat es uns bloß nicht! Sonst ist die ganze Spannung dahin!«

»Keine Sorge. Ich musste schwören, nichts zu verraten. Wenn ich es euch sagen würde, müsste ich euch hinterher töten.« Julia sah auf ihre Uhr. »Oh, ich sollte etwas schneller essen, wenn ich nicht zu spät kommen will.« Sie begann, sich ihre Cornflakes in den Mund zu schaufeln, und ihr Vater und Evelyn unterhielten sich über Lilys nächste Vorsorgeuntersuchung.

Julia dachte an die Zukunft. Schon bald würde sie mit ihren Freunden zu Hause sitzen und mit ihnen die Premiere von *Paradise Ranch* ansehen. Sie hatte Alex schon in einer E-Mail davon berichtet und ihn gebeten, dafür zu sorgen, dass sich alle diesen Abend freihielten. Sie konnte sich genau vorstellen, wie alles ablaufen würde: Sie und Alex würden es sich auf dem großen, bequemen Sofa der Lakes gemütlich machen. Jenny und Phil würden sich auf dem Teppich ausstrecken, einander im Arm halten und trotzdem miteinander herumzanken.

Julia lächelte und fantasierte weiter. Laura würde außer Atem und fast zu spät ankommen, weil sie im Stall aufgehalten worden war. Phils Freund Archie würde wahrscheinlich seine Freundin mitbringen und vielleicht, ganz vielleicht konnte Laura Ben Marlow überreden, auch mitzukommen, falls der gut aussehende junge Pferdepfleger nicht gerade wieder eine seiner knurrigen und ungeselligen Phasen hatte. Jennys jüngerer Bruder Michael würde wahrscheinlich schon Tage vorher über die Serie spotten, aber natürlich trotzdem rechtzeitig mit ihnen vor dem Fernseher sitzen, um nur ja nichts zu verpassen …

Julia seufzte, als sie sich diese Szene vorstellte. Fast konnte sie spüren, wie sich Alex' starke Arme um sie schlossen, und den Bruchteil einer Sekunde glaubte sie sogar, den Duft des Aftershaves zu riechen, das sie ihm geschenkt hatte.

Doch dann waren der Duft und die Vorstellung verschwunden. Julia saß wieder in der warmen, sonnendurchfluteten Küche ihres Vaters vor einem Teller mit aufgeweichten Cornflakes. Sie vergewisserte sich unauffällig, dass weder ihr Vater noch Evelyn ihre Tagträumerei bemerkt hatten. Nur die kleine Lily starrte sie vom Schoß ihrer Mutter aus neugierig an.

Julia schob ihren Teller weg. Sie hatte keinen Hunger mehr.

»Evelyn? Kann ich Lily einen Moment nehmen, bevor ich gehe?«

»Aber gern.« Evelyn stand auf und hielt ihr das Kind hin. »Sie wird jeden Tag schwerer und ich freue mich immer, wenn jemand sie mir abnimmt.«

Julia lächelte und drückte Lily an sich. »Du bist das süßeste Baby der Welt, weißt du das?«, murmelte sie so leise, dass nur Lily es hören konnte. »Du wirst mich doch nicht vergessen, oder? Ich werde dich auch besuchen, sooft ich kann, und im nächsten Sommer …«

Julia versagte die Stimme. Der nächste Sommer schien Lichtjahre entfernt. Wie konnte sie ihre kleine Schwester so vermissen, obwohl sie noch nicht einmal abgereist war?

Doch so großartig dieser Sommer auch gewesen war, Julia konnte nicht verstehen, warum die Aussicht, wieder nach Hause zu fliegen, sie so traurig machte. Immerhin war sie in Virginia daheim; allerdings passte sie besser nach Kalifornien, als sie es je für möglich gehalten hätte. Natürlich, hier waren Menschen, die ihr wichtig waren: ihr Vater, ihre Schwester, Evelyn, Skye und andere Freunde. Der Gedanke, sie alle zu verlassen, bedrückte sie so sehr, dass es sie schier überwältigte.

Doch oft sehnte sie sich auch danach, das Gesicht von Alex aufleuchten zu sehen, wie es das immer tat, wenn sie auf ihn zukam. Sie sehnte sich nach einem ihrer besonderen Küsse, danach, seine Hände auf ihrem Rücken zu fühlen, wenn sie zu ihrer langsamen und romantischen Lieblingsmusik tanzten.

Und dann waren da noch ihre Freundinnen. Sie hatte schon fast Lauras charakteristisches Lachen vergessen, das immer so klang, als wäre sie sowohl entzückt als auch ein wenig verwundert. Und es war schon viel zu lange her, dass Jenny sie trotz ihres Widerstandes in einen ihrer verrückten Pläne hineingezogen hatte.

Und dann war da noch Pine Hollow. Julia war sich sicher, in diesem Sommer mindestens genauso viel geritten zu sein wie ihre Freundinnen. Aber sie vermisste trotzdem das Pferd, das sie zu Hause immer ritt, eine wundervolle Vollblutstute namens Dakota Lady. Sie vermisste den Stall, in dem sie reiten gelernt hatte. Sie vermisste sogar Max Regnery, den Besitzer und strengen Reitlehrer von Pine Hollow.

Doch bei dem Gedanken an die Pferde musste sie an ihren Job denken, der ihr viel Spaß machte, an die Pferde, die sie hier versorgen durfte, und an ihre interessanten neuen Freunde …

Es war zu viel, um alles so früh am Tag zu Ende zu denken. Julia stand auf, schob ihren Stuhl zurück und stützte die kleine Lily mit der Hüfte ab. »So, meine Kleine«, sagte sie, so fröhlich sie nur konnte. »Jetzt geht es zurück zu Mami. Deine große Schwester muss zur Arbeit.«

Als Julia aus dem kleinen roten Auto stieg, das ihr Vater ihr für den Sommer besorgt hatte, hörte sie, wie jemand ihren Namen rief. Sie sah sich um und entdeckte, dass es ihr Lieblings-Kameramann gewesen war. Er winkte ihr von der Ladefläche seines Kleinlasters aus zu, wo er es sich mit einem Becher Kaffee und der Morgenzeitung gemütlich gemacht hatte. Julia strahlte und winkte zurück.

Dann sah sie sich um; sie konnte es immer noch nicht fassen, dass sie tatsächlich hier arbeitete. Oft kam es ihr vor wie ein Traum, vor allem an einem Morgen wie diesem, an dem die Sonne so zwischen den Wolken hervorbrach, dass sie ein goldenes Muster auf alles und jeden zauberte. An eine Seite des staubigen kleinen Parkplatzes grenzten die Ausläufe für die Pferde an, die andere Seite führte zu einem schattigen Picknickplatz, hinter dem die Wohnwagen aufgereiht waren, die den Schauspielern als Umkleidekabinen, Unterkünfte und Büros dienten. Geradeaus war die Landschaft leicht hügelig und auf den grünen Wiesen standen nur vereinzelte Gebäude und ein paar Ausrüstungsgegenstände der Fernsehleute. Im Hintergrund erhob sich eine Bergkette.

Julia bog rechts ab, winkte einigen Schauspielern kurz zu, die ebenfalls gerade angekommen waren, und machte sich auf den Weg zu den Stallungen. Sie hatte Skye in den letzten Wochen manchmal an andere Drehorte oder in Studios begleitet und wusste deshalb, dass der Drehort für *Paradise Ranch* eher ungewöhnlich war. Die Serie wurde nicht in einer riesigen Halle auf dem Gelände eines Studios gedreht, wie es sonst üblich war. Stattdessen wurde fast alles draußen aufgenommen. Die Szenen, die im Ranchhaus spielten, wurden zwar in einem wenige Kilometer entfernten Studio gedreht, doch da ein Großteil der Handlung draußen spielte, hielten sich die Schauspieler überwiegend auf diesem Gelände in der Nähe von Los Angeles auf, das die Tausend-Hektar-Ferienranch darstellte, um die es in der Serie ging. Die Kulissenbauer hatten ein naturgetreues Fachwerk-Ranchhaus, einige kleinere Blockhäuser für die Gäste, eine Scheune und andere Nebengebäude errichtet und zusätzlich noch Gebiete abgesteckt, die weit entfernte Areale der Ranch darstellen sollten. Julia fiel kaum noch auf, dass das Haupthaus nur wenige Meter neben dem

Lagerplatz lag, obwohl diese doch kilometerweit voneinander entfernt sein sollten, oder dass die riesige Zedernholzscheune nur ein halbes Dach und keine östliche Wand hatte, damit mehr Platz für die Kameras blieb.

Ja, der Drehort war unheimlich interessant und Julia lernte jedes Mal, wenn sie darin herumwanderte, etwas Neues über die Produktion einer Fernsehserie, das sie faszinierte. Ihr Lieblingsplatz aber war, wie zu erwarten, der Stall. Anders als die sorgfältig errichteten Gebäude, die bald jede Woche im Fernsehen zu sehen sein würden, war der Stall ein reines Zweckgebäude. Das, was alle Mitwirkenden einfach den Stall nannten, war in Wirklichkeit eine Ansammlung von langen, flachen Blechdachschuppen, die alle eine Boxenreihe und einen großen, staubigen Vorraum enthielten. Zwischen den Stallgebäuden und der Zufahrtsstraße lagen ein paar Paddocks und eine grüne Weide.

Als Julia auf die Stallungen zustrebte, fiel ihr auf, dass einige der Pferde auf der Weide waren und andere in den kleinen Paddocks standen. Da ahnte sie schon, welche Szenen an diesem Tag gedreht werden sollten, doch um ganz sicherzugehen, warf sie noch einen Blick auf die Anschlagtafel am ersten Stallgebäude. Dann machte sie sich daran, all die Arbeiten zu erledigen, die nötig waren, um mehrere Dutzend Pferde glücklich und satt zu machen.

Julia war gerade dabei, Huffett auf den linken Vorderhuf einer hübschen Fuchsstute namens Fancy aufzutragen, als Skye Ransom seinen Kopf über die halbhohe Boxentür reckte. »Ach, da bist du, Julia.«

Julia schaute auf. Als treue Freundin fand sie, dass Skye so gut aussah wie immer, doch sie vermutete, dass seine Fans entsetzt wären, wenn sie ihn jetzt sehen könnten. Ein paar kleine Hautunreinheiten am Kinn waren mit einer grünlichen Masse abgedeckt und in seiner Haartolle klemmte eine große orangefarbene Haarspange, mit der die Maskenbildner versuchten, das widerspenstige blonde Haar des jungen Mannes zu bändigen.

Skye war es normalerweise egal, wie er aussah. Anders als vielen seiner Kollegen machte es ihm nichts aus, in einem so chaotischen Zustand über den Set zu laufen, aber nur, wenn keine Kamera lief. Skye war nicht eitel, doch seine Karriere wollte er nicht riskieren. »Ich wollte dich nur vorwarnen«, sagte er zu Julia. »Der Regisseur hat mir gerade gesagt, dass meine erste Szene heute die am Lagerfeuer sein wird. Gedreht wird natürlich erst in ein paar Stunden, weil wir das passende Licht dazu brauchen, aber …«

»Aber bis dahin müssen wir dafür sorgen, dass Topsy so aussieht, als hätte er den Tag im Gelände verbracht«, beendete Julia den Satz für ihn. »Schon kapiert.«

Skye lächelte und lehnte sich gegen die Tür. »Wie haben wir das bisher nur alles ohne dich geschafft? Als ich dich für den Job empfahl, habe ich das nur getan, weil ich wusste, dass du mit Pferden umgehen kannst. Aber wer hätte geahnt, dass du auch ein Naturtalent bei all diesem Fernsehkram bist?« Er zwinkerte ihr zu. »Und das ist nicht nur meine Meinung. Ich habe gehört, wie Rick zu unserem Regisseur gesagt hat, dass du die beste Assistentin seist, die er je hatte.«

Julia wusste nicht, was sie dazu sagen sollte. Sie spürte, wie sie rot wurde. Sie mochte ihren Boss Rick Santos und sie war auch ziemlich sicher, dass er ihre Arbeit zu schätzen wusste. Aber Rick war kein Mann der vielen Worte und er hatte es ihr nie gesagt. »Danke«, sagte sie. »Es ist einfach, gute Arbeit zu leisten, wenn einem die Arbeit so viel Spaß macht. Und mach dir keine Sorgen wegen Topsy. Wenn er vor die Kamera tritt, wird er aussehen, als wäre er stundenlang durch die Pampa galoppiert, anstatt gemütlich im Stall zu stehen.«

»Danke, Julia. Aber nun muss ich gehen – nachdem wir gestern Abend in diesem Pizzaladen waren, habe ich nur noch einen kurzen Blick auf meinen heutigen Text geworfen, also muss ich jetzt büffeln. Wir sehen uns dann später, okay?« Er streckte den Arm über die Tür und berührte kurz Julias Schulter, bevor er in Richtung

Wohnwagenlager verschwand. Doch selbst als er schon fort war, spürte Julia noch die Berührung seiner Hand. Sie schüttelte diese Empfindung ab. Sie und Skye waren nur Freunde, egal, was Alex darüber dachte. Freunde – so wie sie es immer gewesen waren.

Beim Gedanken an die E-Mail, die sie am Abend zuvor von Alex bekommen hatte, runzelte sie die Stirn. »Ich denke pausenlos an dich«, hatte er geschrieben. »Ich hoffe, dir geht es genauso, und vor allem hoffe ich, dass du abends tatsächlich nichts anderes tust, als in den Himmel zu schauen.«

Julia hatte sich vorgenommen, die versteckte Anklage zu überhören. Schließlich hatten sie und Alex abgemacht, jeden Abend zur selben Zeit in den Himmel zu schauen, um sich einander näher zu fühlen – derselbe Mond und dieselben Sterne sollten sie verbinden, trotz der gewaltigen Entfernung, die sie trennte.

Julia wusste aber auch, dass Alex eifersüchtig auf Skye war. In gewisser Hinsicht konnte sie ihm deswegen keine Vorwürfe machen. Skye sah gut aus, er war berühmt und er war reich. Aber trotzdem liebte sie Alex. Warum glaubte er ihr das nur nicht? Einige seiner Bemerkungen und Andeutungen zum Thema Skye waren wirklich ein wenig ... nun ja, unreif.

»Julia?«, unterbrach eine zaghafte Stimme ihre Gedanken. »Ist Fancy fertig? Ich möchte diesen Lassotrick üben, bevor alle anderen hier sind und sehen, wie ich versage.«

Julia schreckte auf und ihr wurde klar, wie albern sie aussehen musste, wenn sie mit dem Hufpinsel in der Hand Löcher in die Luft starrte, während Fancy an ihrer Schulter herumknabberte. Zum Glück war es der jungen Frau nicht aufgefallen. Wenn Summer Kirke eigene Probleme hatte, wie es jetzt der Fall war, nahm sie gewöhnlich nicht wahr, was die Menschen um sie herum taten.

Als Julia Summer kennen gelernt hatte, hatte sie sie nicht gemocht. Zum größten Teil hatte das sicher daran gelegen, dass sie sie beneidet hatte. Julia war überzeugt, noch nie jemanden gesehen zu haben, der so großartig aussah. Die junge Schauspielerin spielte Skyes ältere Schwester, und da beide blond und blauäugig waren, bestand tatsächlich eine gewisse Ähnlichkeit zwischen ihnen. Doch während Skye in den Jahren, seit Julia ihn kennen gelernt hatte, von einem jungenhaften Teenageridol zu einem selbstsicheren Charakterdarsteller gereift war, wirkte Summer immer noch wie ein unschuldiges junges Mädchen.

Und wenn es eines gab, das Julia schon in den ersten Tagen ihres Aufenthaltes gelernt hatte, dann war es, dass in der Unterhaltungsindustrie die Dinge nicht immer das waren, was sie zu sein vorgaben. Skye konnte durchaus der charmante, lockere und liebenswerte Herzensbrecher Devon Drake sein, den er in der Serie darstellte, doch Summer hatte nicht die geringste Ähnlichkeit mit Devons selbstbewusster, nachsichtiger Schwester Caitlin Drake. Doch vor der Kamera merkte man ihr das nicht an.

»Fast, Summer«, sagte Julia zu der jungen Schauspielerin. »Ich brauche zwanzig Minuten, um sie fertig zu machen. Ist das in Ordnung?«

Summer strich eine Strähne ihres goldblonden Haares zurück und nickte dankbar. »Danke, Julia. Das ist perfekt.« Sie lächelte, doch als sie sich zu ihrem Pferd umdrehte, sah Julia, dass ihre Unterlippe leicht zitterte.

Julia kannte das schon. Es bedeutete, dass Summer sich über etwas aufregte oder sich Sorgen machte. Sie wusste auch, dass praktisch alles Summer aufregte. Sie brach schon in Tränen aus, wenn ihr Haar nicht saß, und einmal, als der Regisseur sie zu scharf korrigiert hatte, war sie nahezu hysterisch geworden. Julia hatte sich schon mehr als ein Mal gezwungen gesehen, die überempfindliche Schauspielerin zu beruhigen und ihr einzureden, dass sie es nicht persönlich nehmen durfte, wenn Fancy aufsässig war oder eines der anderen Pferde die Ohren anlegte, während es zufällig in ihre Richtung sah. Julia war sich ziemlich sicher, dass Summers Vernunft ihr sagte, dass die Pferde es nicht mit Absicht taten, doch ihr Gefühl sagte ihr etwas anderes.

Diesmal allerdings beunruhigte Julia Summers Gesichtsausdruck. Ihre wundervollen, von perfekt geformten Wimpern umrahmten Mandelaugen hatten einen merkwürdigen Ausdruck …

»Gehetzt«, dachte Julia. Sie war sofort besorgt. In vieler Hinsicht war Summer verletzlicher als Julias kleine Schwester.

»Summer, ist alles in …«

»He Julia!«, johlte eine Männerstimme.

Julia unterdrückte einen Seufzer und drehte sich zu dem Neuankömmling um. »Hallo Jeremiah.«

Trotz allem, was sie über ihn wusste, musste Julia doch zugeben, dass Jeremiah Jamison unglaublich gut aussah. Er hatte ein Gesicht, das Mädchen auf der ganzen Welt in Ohnmacht fallen ließ. Tief dunkelbraune Augen, makellos weiße Zähne, dichtes, schwarzes Haar und noch etwas – einen verletzlichen, tiefsinnigen und leicht traurigen Gesichtsausdruck, der geradezu nach Zuneigung zu schreien schien.

Julia wusste es besser. Der Einzige, der Jeremiah etwas bedeutete, war er selbst und Zuneigung brachte er nur denen entgegen, die seiner Karriere förderlich waren.

»Darf ich mal?« Jeremiah bedachte Summer mit einem herablassenden Blick. Die junge Schauspielerin sah verlegen auf den Boden und ergriff die Flucht.

Julia war empört. Am liebsten hätte sie Jeremiah gesagt, was sie von seiner Unhöflichkeit hielt. Sie hatte sich mit Summer unterhalten und er war in ihr Gespräch geplatzt, wie er es immer tat. Doch sie hielt sich zurück, denn es hätte ohnehin nichts genützt. Ganz im Gegenteil: Jeremiah war für seine Reizbarkeit berüchtigt und Julia hatte bereits eingesehen, dass es einfacher war, ihm seinen Willen zu lassen. Einfacher für sie, für die Pferde, den Regisseur und alle anderen, die mit ihm zu tun hatten.

»Es ist schon eine Ironie des Schicksals«, dachte Julia, als sie mit einem Ohr der langen Liste von Anweisungen zuhörte, die Jeremiah seinem Pferd, einem ruhigen Wallach namens Jeeves, gab. »So ziemlich jeder Teenager – darunter auch Jenny und Laura – würden ihren linken Arm hergeben, wenn sie dafür die Chance bekämen, dieselbe Luft zu atmen wie Jeremiah Jamison. Und ich stehe hier und wünsche mir nichts sehnlicher, als dass er endlich verschwindet!« Bei diesem Gedanken hätte sie beinahe laut gelacht. Doch das unterdrückte sie lieber. Wenn es etwas gab, das Jeremiah noch mehr hasste als Widerspruch, dann war es, ausgelacht zu werden.

»Okay, Jeremiah«, sagte sie also, als er endlich all seine Befehle vorgebracht hatte. »Du weißt, dass du dich auf mich verlassen kannst. Ich werde Jeeves rechtzeitig fertig machen.«

»Gut.« Jeremiah nickte knapp und verließ das Stallgebäude.

Jetzt konnte Julia endlich ihrem Ärger mit einem tiefen Seufzer Luft machen. Nach zwei Monaten der Zusammenarbeit mit ihm konnte sie kaum glauben, dass der Rest der Welt Jeremiah Jamison immer noch für einen netten, romantischen und empfindsamen Menschen hielt. Und sobald *Paradise Ranch* im Fernsehen anlief, würde dieser Eindruck noch verstärkt werden, denn er spielte eine besonders sympathische Person, Devon Drakes besten Freund und Wohltäter Rand Hayden.

»Ich wette, dass er seinen Agenten gut bezahlt«, murmelte sie Fancy zu, die ihren Kopf über die Halbtür gestreckt hatte um nachzusehen, was auf der Stallgasse vor sich ging. Julia streichelte den Kopf der hübschen Stute. »Das hat der arme Kerl sich auch redlich verdient.«

»Na, Julia, sprichst du mal wieder mit dem Vieh?«, fragte eine laute Stimme ganz in ihrer Nähe.

Julia fuhr erschrocken zusammen, denn sie hatte ihren Boss Rick Santos nicht kommen gehört. »Fancy hat mir gerade von ihrem Leben als Fernsehstar erzählt«, scherzte sie verlegen.

»Aha.« Rick lehnte sich gegen einen Pfosten und hakte die Daumen in die Taschen seiner abgewetzten Jeans. Dann zuckte er beiläufig mit den Achseln. »Ich dachte, sie hätte dir vielleicht gesagt, wie sehr sie dich vermissen wird, wenn du uns nächste Woche im Stich lässt.«

»Übernächste Woche«, verbesserte Julia ihn automatisch. Doch dann schwieg sie, denn ihr war klar geworden, dass Rick ihr auf seine Art gerade ein enormes Kompliment gemacht hatte. Er hatte nicht nur zur Kenntnis genommen, dass sie bald abreiste, sondern ihr auch zu verstehen gegeben, dass ihm das nicht gefiel. »Ich werde sie auch vermissen. Und alle anderen auch.«

Ricks Augen lagen zwar im Schatten des fleckigen alten Cowboyhuts, den er immer trug, doch seine Mundwinkel verzogen sich zu einem kaum wahrnehmbaren Lächeln. »Das wird uns genauso gehen.« Er räusperte sich. »Hör mal, ich habe dir diesen Job gegeben, weil Ransom mich darum gebeten hat und weil ich dringend jemanden brauchte. Aber du hast bewiesen, dass du ihn verdient hast.«

»Danke.«

»Du bist jung, aber du weißt trotzdem, was du tust. Bei Pferden ebenso wie bei Menschen.« Rick nickte ihr zu und richtete sich auf. »Ich will nur, dass du weißt, wie sehr ich deine Arbeit zu schätzen weiß. Und diese Fancy da wird nicht die Einzige sein, die dich vermisst. Du bist wahrscheinlich die beste Pferdepflegerin, die ich je eingestellt habe.«

Julia lächelte und dankte ihm erneut. Sie strich sich mit einer Hand übers Haar, als Rick in Richtung Sattelkammer davoneilte. Seine Worte hatten sie überglücklich gemacht, und das nicht nur, weil er normalerweise mit Komplimenten sehr sparsam umging. Julia mochte es einfach, die Beste zu sein. Das war schon immer so gewesen und erklärte auch ihre hervorragenden Zeugnisse.

Aber wenn es um Pferde ging, lagen die Dinge etwas anders. Im Stall in Virginia fühlte sich Julia nur selten wie die Beste. Sie kam erst an dritter Stelle hinter Laura und Jenny und so war es schon immer gewesen – weil die beiden einfach schon länger ritten als sie. Außer ihr schien noch niemand bemerkt zu haben, dass sie die beiden längst eingeholt hatte.

Julia nagte an ihrer Lippe, denn sie hatte das Gefühl, den beiden untreu geworden zu sein. Jenny und Laura waren ihre besten Freundinnen und sie wussten, dass sie eine gute Reiterin war. Welche Rolle spielte es schon, wer besser war? Wie kam sie überhaupt dazu, die beiden um ihre reiterlichen Fähigkeiten zu beneiden?

Fancy stupste sie mit ihrer weichen Nase an. Julia streichelte sie automatisch. »Heute habe ich anscheinend nur so merkwürdige Gedanken«, murmelte sie.

Doch nachdem sie diese Gedanken den ganzen Vormittag im Kopf herumgewälzt hatte, war sie zu einer Art

Schluss gekommen. Ja, sie vermisste ihre Mutter, ihre Freundinnen und Alex ganz furchtbar. Aber sie musste trotzdem zugeben, dass auch das der Wahrheit entsprach, was sie beim Frühstück zu ihrem Vater gesagt hatte. Sie wollte nicht, dass ihr wunderbares, aufregendes Kalifornien-Abenteuer schon zu Ende ging. Sie wusste nicht genau, was das bedeutete, aber es stimmte.

»Was meinst du, Fancy?«, murmelte sie, legte die Wange an den weichen Hals des Pferdes und atmete seinen angenehmen und beruhigenden Geruch tief ein. »Macht mich das zu einem schlechten Menschen?«

Zweites Kapitel

Laura Hanson sah Ben Marlow an, den jüngsten Pferdepfleger von Pine Hollow. »Sie sieht gut aus. Wollen wir es im Trab versuchen?« Sie hob eine Hand über die Augen, um sie vor der grellen Sonne zu schützen.

Ben nickte. Mit einem kurzen Kopfrucken warf er sich das dunkle, gewellte Haar aus der Stirn und lief los. Ein Zungenschnalzen reichte, um die Stute am anderen Ende der Führleine antraben zu lassen. Die Stute, ein junger Apfelschimmel mit dem Namen Firefly, schnaubte kurz und trabte dann temperamentvoll neben dem jungen Mann her.

Laura lehnte am Zaun des Reitplatzes und betrachtete die Stute kritisch, wobei sich ihr Hauptaugenmerk auf die Reinheit des Trabes richtete. Der Hufschmied war da gewesen und hatte die Stute zum ersten Mal in ihrem Leben beschlagen und nun wollte Laura sicherstellen, dass das junge Pferd mit den neuen Hufeisen einwandfrei laufen konnte.

»So ist es richtig, kleine Dame«, murmelte sie, ohne

ihren Blick von den Hufen des Pferdes abzuwenden. »Alle vier schön plan aufsetzen. So soll es sein.«

Als sie sicher war, dass die neuen Eisen der Stute keine Probleme bereiteten, sah Laura einfach nur noch zu, wie viel Freude das neue Pferd am Laufen zeigte. Firefly schlug mit dem Kopf, schnaubte und wäre sicher gern schneller gelaufen. Doch sie hielt brav das Tempo und ihr edler Kopf schwebte unverrückbar über Bens breiten Schultern.

Ein paar Minuten später ließ Ben die Stute anhalten und klopfte ihr den Hals. »Ich glaube, das hat ihr gefallen.« Laura fiel auf, dass er trotz der Rennerei in der prallen Sonne kein bisschen außer Atem war.

»Das denke ich auch.« Laura ging lächelnd auf die beiden zu. »Sie ist ein Spitzenpferd, findest du nicht auch? Ich bin froh, dass Max sie gekauft hat. Erst wollte er nicht, weil sie so teuer war – immerhin hat ihr Vater einige Meisterschaften im Springen gewonnen. Aber wenn du mich fragst, ist sie jeden Pfennig wert. Sie ist einfach traumhaft!«

»Klar.« Ben schnippte eine Fliege von Fireflys Hals. »Sie ist gut gezogen und sehr schön, aber immer noch ziemlich roh. Wir werden noch viel Arbeit in sie investieren müssen, wenn Max' Geld gut angelegt sein soll.«

Laura spürte, wie sie rot wurde, und ihr wurde klar, dass sie sich angehört haben musste wie ein schwärmendes Schulmädchen. »Natürlich«, sagte sie schnell. »Das wollte ich gerade sagen. Ich habe sogar schon ein paar Ideen, wie wir vorgehen könnten. Ich habe sie Max noch nicht vorgetragen, aber ich bin sicher, dass wir möglichst bald anfangen sollen, mit ihr zu arbeiten ...«

»Ich plappere und kann nicht aufhören«, dachte Laura verzweifelt. Das passierte ihr dauernd, wenn sie mit Ben redete, vor allem, wenn er sie einfach nur ausdruckslos anstarrte, wie er es jetzt gerade tat ...

Wenn man Laura gefragt hätte, hätte sie gesagt, dass sie und Ben Freunde waren, einander verbunden durch ihre gemeinsame Liebe zu Pferden. Doch manchmal musste sie sich auch eingestehen, dass ihr dieser ernste und verschlossene junge Mann immer noch genau so ein Rätsel war wie an seinem ersten Tag in Pine Hollow. Wenn sie zusammen im Stall arbeiteten, fühlte sie sich meistens recht wohl in seiner Nähe. Doch es gab auch Zeiten, in denen er etwas sagte oder tat oder sie nur mit seinen dunklen, ausdruckslosen Augen ansah, wodurch sie jedes Mal vollkommen aus der Bahn geworfen wurde.

Sie atmete auf, als sie eine vertraute Person langsam die Zufahrt hinaufkommen sah. »Da kommt Jenny«, sagte sie und unterbrach damit ihren eigenen Monolog.

Ben sah ihr entgegen. »Sie sieht nicht gut aus.«

Laura verzog das Gesicht. Sie musste zugeben, dass Ben Recht hatte. Selbst aus dieser Entfernung war das niedergeschlagene Gesicht ihrer Freundin deutlich zu erkennen. Nein, Jenny sah wirklich nicht gut aus und das schon seit geraumer Zeit.

»Es ist der Unfall«, sagte sie, obwohl ihr natürlich klar war, dass Ben das genauso wusste wie jeder andere. »Sie ist immer noch nicht darüber hinweggekommen, obwohl er jetzt schon zwei Monate zurückliegt. Es ist bestimmt nicht leicht, so etwas zu verkraften.«

Laura merkte, dass sie ihre Freundin verteidigte, doch Ben schien es nicht aufzufallen. Er nickte nur. »So etwas braucht seine Zeit.«

Sie alle hatten eine harte Zeit durchgemacht seit dem Autounfall, der ihr aller Leben verändert hatte. Jenny hatte am Steuer gesessen, und obwohl der Unfall unvermeidbar gewesen war, machte sie sich Vorwürfe. Der Unfall hatte einem Pferd das Leben gekostet und ein Mädchen – eine ihrer Mitreiterinnen namens Callie Forester – hatte dabei eine halbseitige Lähmung davongetragen, unter deren Folgen es noch immer litt. Damit fertig zu werden war schwer und Laura versuchte nach Kräften, ihrer Freundin dabei zu helfen. Doch im Stillen fragte sie sich, ob ihre Hilfe wohl ausreichte. Wenn Jenny bisher nicht damit fertig geworden war, würde sie es dann jemals schaffen?

Laura litt darunter, ihre normalerweise so fröhliche Freundin so deprimiert zu sehen, doch sie wusste einfach nicht, wie sie ihr helfen sollte. Alles war noch schlimmer geworden, als Jennys langjähriger Freund Phil Marsten mit seinen Eltern eine zweiwöchige Urlaubsreise angetreten hatte. Phil war verreist, Julia war in Kalifornien, Laura hatte mit ihrem Job im Reitstall zu tun und so hatte Jenny viel Zeit allein verbringen müssen.

»Außerdem«, fuhr Ben nach einem Moment des Schweigens fort, »machen die finsteren Blicke von diesem Kerl es ihr nicht gerade leichter.«

Laura brauchte nicht zu fragen, wen Ben mit »diesem Kerl« meinte. Sie wusste, dass Ben Callies Bruder Scott nicht leiden konnte. Und Scott und Jenny vertrugen sich auch nicht besser. Sie nickte.

»Es ist auch nicht leicht für sie, zusehen zu müssen, wie Callie darum kämpft, wieder laufen zu lernen«, sagte sie leise. »Oder an Fez' leerer Box vorbeizugehen.«

Mehr sagte sie nicht, denn mittlerweile war Jenny in Hörweite. Doch ihre Gedanken arbeiteten weiter. Wie so oft in letzter Zeit suchte sie nach einer Möglichkeit, die Dinge zu verbessern. Es stimmte, dass der nette und gesprächige Scott Forester immer noch sofort das Reden einstellte, sobald Jenny den Raum betrat. Doch Callie machte Jenny keine Vorwürfe und Callies Eltern ebenfalls nicht. Auch die Polizei hatte Jenny von jeder Schuld freigesprochen. Mr und Mrs Lake hatten ihren Kindern sogar ein neues Auto gekauft. Was konnten sie bloß noch tun? Laura wünschte sich, dass Julia da wäre und sie das Problem mit ihr besprechen könnte. Julia dachte immer so vernünftig und logisch, dass sie bestimmt einen Ausweg finden würde.

Jenny hatte den Reitplatz erreicht. »Hi«, murmelte sie. »Was macht ihr gerade?«

Laura erklärte ihr, was sie mit Firefly gemacht hatten. »Aber wir sind fast fertig«, sagte sie, denn ihr war gerade eine Idee gekommen. »Und wenn meine Schicht vorbei ist, wollte ich einen schönen langen Ausritt machen. Hast du Lust mitzukommen?« Eigentlich hatte sie vorgehabt, ihr Pferd Silberstern zu longieren, aber das konnte warten. Jennys Stimmung zu heben, war viel wichtiger, als an Silbersterns seitlicher Biegung zu arbeiten.

Ben schaute auf. Er führte Firefly noch immer um den Platz. Laura hatte nicht erwartet, dass er ihre kurze Unterhaltung mit Jenny mitbekommen hatte, doch anscheinend hatte er jedes Wort gehört. »Es ist fast Mittag«, sagte er und sah Laura direkt in die Augen. »Warum machst du heute nicht früher Schluss? Dann könnt ihr gleich los. Ich kann dich solange vertreten.«

Laura war überrascht. Ein Blick auf ihre Uhr verriet ihr, dass es erst elf Uhr dreißig war. Aber sie kannte Ben gut genug, um zu wissen, dass er ihr dieses Angebot nicht gemacht hätte, wenn es ihm nicht ernst damit gewesen wäre. »Danke, Ben.«

Auch Jenny sah überrascht aus. »Ja, danke, Ben.« Sie sah Laura an, und einen kurzen Moment lang glaubte Laura, das Gesicht der alten Jenny vor sich zu sehen. »Ein Ausritt käme jetzt gerade recht.« Dann seufzte sie. »Nur schade, dass Julia nicht da ist, um uns zu begleiten.«

»Das stimmt.« Die beiden verabschiedeten sich mit einem kurzen Winken von Ben und gingen auf den Stall zu. »Ohne sie sind unsere Ausritte irgendwie unvollständig, findest du nicht auch?«

»Ohne sie ist alles unvollständig. Und gelegentlich mit ihr zu telefonieren, bringt auch nicht viel. Es erinnert einen nur daran, wie weit weg sie ist.«

»Ich frage mich, ob sie uns wohl genauso vermisst wie wir sie.«

»Das bezweifle ich. Sie ist wahrscheinlich so damit beschäftigt, mit berühmten Fernsehstars zu flirten, dass sie keine Zeit hat, an das gute alte Willow Creek zu denken.«

Das bezweifelte Laura. Sie musste jedoch zugeben, dass Julias Job – oder vielmehr ihr ganzes Leben in Südkalifornien – sich außerordentlich aufregend anhörte. »Ich frage mich, wie es wohl ist, bei einer Fernsehproduktion zu arbeiten«, murmelte sie. »Hinter den Kulissen, mit Stars wie Summer Kirke und diesem tollen Typen – wie hieß er doch gleich?«

»Jeremiah Jamison«, sagte Jenny. »Und vergiss Skye nicht.«

Laura lächelte und sah ihre Freundin an. »Der zählt irgendwie nicht mit. Wir kennen ihn schon so lange, dass er mir gar nicht mehr wie eine Berühmtheit vorkommt. Natürlich sieht er wahnsinnig gut aus und ist ein toller Typ, aber das fällt uns gar nicht mehr auf, weil wir ihn so gut kennen.«

»Hoffentlich sieht Julia das auch so«, murmelte Jenny.

Laura schluckte. Ihr wurde plötzlich klar, dass es vielleicht keine gute Idee war, ausgerechnet mit der Zwillingsschwester von Julias Freund über all die gut aussehenden Typen zu diskutieren, mit denen Julia es in diesem Sommer zu tun hatte. »Wie auch immer«, sagte sie lahm. »Ich wollte damit nur sagen, dass Julias Sommer bestimmt sehr interessant ist.«

Jenny sah immer noch besorgt aus. »Ich hoffe nur, dass sie nicht vergisst, dass wir alle hier auf sie warten.«

Diesmal wusste Laura, dass Jenny dabei nicht an sich oder an sie dachte. Sie fürchtete, dass Julia vergessen könnte, dass sie in Alex verliebt war.

»Aber das würde sie nie tun«, versicherte Laura sich selbst. »Egal, wie viele tolle Hollywoodstars sie trifft.«

»Los, komm!«, sagte sie. »Wer zuletzt in der Sattelkammer ist, ist ein faules Ei.«

Doch Jennys Aufmerksamkeit galt etwas anderem. »Da wir gerade von faulen Eiern sprechen – sieh mal, wer da kommt.«

Ein großes, schlankes Mädchen mit glattem, dunklem Haar kam ihnen auf der Stallgasse entgegen, gefolgt von einem gut aussehenden, breitschultrigen jungen Mann mit gewelltem, blondem Haar und einem ziemlich stupiden Gesichtsausdruck.

»Oh-oh«, flüsterte Laura, die das Mädchen sofort erkannt hatte, obwohl sie es den ganzen Sommer über nicht gesehen hatte. »Veronica. Was will die eingebildete Kuh denn hier?«

Früher hatte Veronica diAngelo viel Zeit in Pine Hollow verbracht, doch zu einer Freundschaft zwischen ihr und Jenny, Julia und Laura war es nie gekommen. Sie waren zwar alle in derselben Abteilung geritten, und obwohl Veronica den Reitsport nie allzu ernst genommen hatte, war sie doch eine sehr gute Reiterin. Ihre Familie war wohlhabend und so hatte sie immer das Beste besessen, was an Reitkleidung, Sattelzeug und Pferden auf dem Markt war. Seit sie auf der High School war, war ihr Interesse am Reiten jedoch zunehmend verschwunden – jetzt interessierte sie sich nur noch für das starke Geschlecht. Sie hatte das letzte einer Reihe von Vollblutpferden vor mehr als zwei Jahren verkauft und den Reitunterricht schon sechs Monate davor aufgegeben. Jetzt tauchte sie nur noch gelegentlich im Stall auf, meistens, um einen neuen Freund mit ihren immer noch beachtlichen Reitkünsten zu beeindrucken.

»Hallo Mädels«, sagte Veronica herablassend. »Lange nicht gesehen. Kennt ihr Trent schon?« Sie deutete auf den jungen Mann in ihrem Schlepptau.

»Hätte Veronica nicht länger wegbleiben können?«, dachte Laura automatisch. Doch höflich erwiderte sie ihren Gruß.

»Wie geht es dir, Jenny?«, fuhr Veronica aalglatt fort.

»Gut«, antwortete Jenny knapp. Sie und Veronica bekämpften sich zwar nicht mehr bis aufs Messer, doch das bedeutete nicht, dass sie sich mittlerweile mochten. In Fenton Hall, der Privatschule, die beide besuchten, bemühten sie sich grundsätzlich, einander aus dem Weg zu gehen. Das war nicht schwierig, denn sie bewegten sich nicht gerade in denselben Kreisen.

»Gut.« Veronicas perfekt geschminkte Augen wanderten von Jennys Gesicht zu ihren verblichenen Jeans und dann zu ihrem mistfleckigen T-Shirt. Laura wusste, dass Veronica in früheren Zeiten mit Sicherheit angefangen hätte, über Jennys Outfit zu spotten. Doch jetzt verzog sie nur angewidert das Gesicht und fingerte am Kragen ihres eleganten Leinenjacketts herum. »Wie ich sehe, hängt ihr immer noch hier herum, wie wir es als Kinder getan haben.«

Laura verzog das Gesicht. Sie hätte wissen müssen, dass dieses Zusammentreffen mit Veronica nicht glatt gehen würde. Dazu war schon zu viel Wasser unter der Brücke hindurchgeflossen. Eiskaltes, stinkendes, vergiftetes Wasser.

Jenny zuckte mit den Achseln. »Ach, immer noch besser als das Einkaufszentrum.« Nur ein leichtes Senken ihrer Brauen verriet ihren Ärger. »Der einzige Nachteil ist, dass hier nicht genug Kerle herumlungern, sodass man sich jede Woche einen neuen anlachen kann.« Sie lächelte süß. »Aber im Gegensatz zu gewissen anderen Leuten habe ich daran ohnehin wenig Interesse.«

Laura weidete sich an dem verblüfften Ausdruck auf Trents kantigem Gesicht und musste ein Kichern unterdrücken. Sie und Julia besuchten die öffentliche High School und hatten deshalb keine Möglichkeit, Veronicas Liebesleben aus erster Hand mitzuerleben. Doch Jenny hatte sie immer auf dem Laufenden gehalten und erzählt, dass Veronica bei jedem Tanzabend und jeder sonstigen Schulveranstaltung einen anderen Jungen am Arm hatte. Julias Theorie zufolge lagen die Gründe hierfür in ihrer Hochnäsigkeit, ihrer Oberflächlichkeit sowie der Tatsache, dass sie sich nicht länger als fünf Minuten konzentrieren konnte.

Veronica wirkte eindeutig gereizt, doch sie sagte nichts. Laura war erleichtert, denn in Jennys derzeitigem Zustand war eine Wiederaufnahme ihrer alten Fehde mit Veronica das Letzte, was sie brauchen konnte.

»Und was treibt dich her, Veronica?«, fragte Laura schnell, um einem weiteren hitzigen Wortwechsel vorzubeugen.

»Trent und ich wollen reiten ... Oh, hallo. Ich glaube nicht, dass wir uns schon kennen.«

Laura drehte sich um, denn sie wollte wissen, mit wem Veronica gesprochen hatte. Es war Ben, der Fireflys Halfter über der Schulter hängen hatte. Sie runzelte die Stirn, denn ihr gefiel ganz und gar nicht, wie Veronica Ben förmlich mit den Augen verschlang. »Das ist Ben Marlow«, sagte sie nur. »Er arbeitet für Max.« Sie nahm an, dass das ausreichte, um Veronicas Interesse an Ben zu beenden, denn sie tendierte mehr zu Jungen mit Platin-Kreditkarten und Treuhandfonds als zu normalen Sterblichen, die sich ihren Lebensunterhalt mit gewöhnlicher Arbeit verdienen mussten.

»Hallo Ben Marlow«, säuselte Veronica. »Ich bin Veronica diAngelo und ich bin früher hier geritten.« Sie bedachte Ben mit einem langen, verführerischen Blick, der Laura erröten ließ, den Ben jedoch nicht einmal zur Kenntnis nahm. »Wie es scheint, habe ich das Reiten zu früh aufgegeben.«

»Also Veronica«, unterbrach Laura sie mit glühendem Gesicht, »wenn du Max suchst, findest du ihn wahrscheinlich in seinem Haus, aber Red ist vermutlich draußen ...«

»Das wird nicht nötig sein.« Veronica ließ sie nicht einmal ausreden. »Ich brauche nur jemanden, der zwei Pferde für uns sattelt. Du arbeitest doch jetzt hier, nicht wahr, Laura?«

Laura war empört. Eine von Max' eisernen Regeln war, dass alle Reiter ihre Pferde selbst zu versorgen hatten, vom Satteln bis zum Ausmisten. Das wusste Veronica genauso gut wie Laura. Doch andererseits hatte sie diese Regel auch schon missachtet, als sie noch regelmäßig in Pine Hollow geritten war.

Jenny hatte den beiden kaum zugehört. Sie hatte plötzlich den Drang verspürt, Veronica ein paar Beleidigungen ins Gesicht zu brüllen, und kämpfte mit aller Kraft dagegen an. Dieser Drang war so übermächtig, dass er ihr Angst machte.

»Wo liegt mein Problem?«, fragte sie sich und ballte die Fäuste, als Veronica Laura und Ben hochnäsig befahl, Pferde für sich und ihren dümmlichen Freund zu satteln. »Seit wann interessiert es mich, was Veronica diAngelo von meinen Klamotten hält? Schließlich hat sie im Laufe der Jahre schon viel fiesere Bemerkungen gemacht.«

Aus irgendeinem Grund machte diese ganze Unterhaltung sie ungeheuer wütend. Jenny wünschte sich nichts sehnlicher, als vorzuspringen und Veronica einen Schlag auf ihre hoch getragene Nase zu versetzen.

»Ich glaube, Mom und Dad haben Recht, wenn sie sagen, dass ich in letzter Zeit etwas reizbar bin«, dachte Jenny einsichtig. Plötzlich verflog ihre Wut und sie fühlte sich leer und ausgebrannt. Es ging überhaupt nicht um Veronica. Veronica war so bedeutungslos wie immer. Es war der Unfall. Zurzeit drehte sich Jennys ganzes Leben um diesen schrecklichen Augenblick, in dem sie die Kontrolle über das blöde Auto verloren hatte.

Um sich von ihren Gedanken abzulenken – die zurzeit immer im Kreis herumzulaufen schienen und immer wieder am selben Punkt ankamen –, konzentrierte sie sich wieder auf die Unterhaltung.

»Warum nicht?«, sagte Laura erbost. »Ben und ich werden alles stehen und liegen lassen und Sattel und Zaumzeug auf zwei Pferde werfen. Es ist ja nicht so, als hätten wir eine Million wichtigerer Dinge zu tun.«

»Gut.« Veronica hakte sich bei Trent ein und sah lächelnd zu ihm auf. »Ich denke, Trent müsste dieser große Wallach gefallen – Congo. Und ich kann es kaum erwarten, die hübsche Schimmelstute auszuprobieren, die ich gesehen habe, als ich letzte Woche an den Koppeln vorbeifuhr. Ich weiß ihren Namen nicht, aber sie ist ein Apfelschimmel mit einem großen Stern.«

Jetzt sah Laura richtig wütend aus und Jenny wusste auch warum. Der Apfelschimmel war natürlich Firefly und es war zu erwarten gewesen, dass sich Veronica ausgerechnet das neueste und teuerste Pferd des Stalles aussuchte. Congo, ein großer, ruhiger Wallach, war vermutlich eine gute Wahl für Trent, der nicht aussah, als hätte er schon jemals auf einem Pferd gesessen. Andererseits hätte jeder andere darauf vertraut, dass die Angestellten ein Pferd für ihn auswählten, und nicht einfach eines bestellt.

»Das wird nicht gehen. Diese beiden Pferde haben heute schon gearbeitet.« Lauras Gesicht nahm einen sturen Ausdruck an, den Jenny nur zu gut kannte – er bedeutete, dass sie bereit war, für die Sicherheit und das Wohlbefinden der ihr anvertrauten Pferde zu kämpfen, und zwar bis zum Äußersten.

»Anscheinend bin ich nicht die Einzige, die heute etwas extrem auf Veronica reagiert«, stellte Jenny fest. Sie wusste genau, dass ein gemütlicher Ritt durch den Wald weder Firefly noch Congo schaden würde.

Ben war anscheinend derselben Ansicht. »Es ist schon in Ordnung, Laura«, sagte er gelassen. »Firefly hat heute noch nicht viel getan.«

»Aber sie könnten genauso gut Barq und Patch nehmen. Die beiden waren heute noch nicht draußen«, sagte Laura stur.

»Patch?« Veronica verzog das Gesicht. »Lebt das scheckige alte Ding etwa immer noch? Der war doch schon mindestens hundert, als ich noch hier geritten bin. Versuch bloß nicht, uns ein paar Uraltklepper unterzuschieben. Wir wollen im Gelände unseren Spaß haben.«

Laura, die jetzt vor Wut glühte, wollte gerade darauf antworten, doch Ben war schneller. »Kein Problem«, sagte er. »Laura und ich werden Firefly und Congo sofort fertig machen.« Er machte sich auf den Weg zur Sattelkammer, ohne nachzusehen, ob Laura ihm tatsächlich folgte.

Sie tat es. Nachdem sie Veronica einen hasserfüllten und Bens Rücken einen verblüfften Blick zugeworfen hatte, rannte sie hinter dem Pferdepfleger her.

»Recht herzlichen Dank«, rief Veronica ihr nach. »Bringt uns die Pferde bitte an die Stalltür.«

Jenny schüttelte erstaunt den Kopf. Veronica hatte sich wirklich kein bisschen verändert. Sie liebte es noch immer, ihren Kopf durchzusetzen. Vielleicht war das auch der Grund, warum es kein Junge längere Zeit mit ihr aushielt. Vielleicht konnten sie es nicht leiden, dauernd herumkommandiert zu werden, und verdrückten sich deshalb schnell wieder, nachdem sie ein oder zwei Mal mit Veronica ausgegangen waren. »Wahrscheinlich nicht«, dachte sie dann. »Wenn Veronica es mit einem ihrer Kerle ernst meinen würde, würde sie ihm befehlen, ihr einen Verlobungsring zu kaufen – einen mit einem Diamanten von der Größe eines Tennisballs.« Sie verzog verächtlich den Mund. »Und er würde es wahrscheinlich tun.«

»Na, Jenny, und wie ist es dir in letzter Zeit ergangen?«, fragte Veronica ein wenig zu beiläufig. »Hattest du einen interessanten Sommer?«

Jenny fuhr zusammen. Sie hatte beinahe vergessen, dass sie jetzt mit Veronica allein war. Natürlich abgesehen von Trent, doch der zählte nicht. Jenny warf einen Blick auf den großen, gut aussehenden jungen Mann. Sein Unterkiefer war heruntergeklappt und seine Augen blickten stumpf ins Leere.

Jenny richtete ihre Aufmerksamkeit wieder auf Veronica. Sie hatte einen Ausdruck in den Augen, den Jenny lange Zeit nicht gesehen hatte, aber trotzdem sofort wieder erkannte. Es war der kühle Blick eines Raubvogels kurz vor dem Zustoßen. Jenny war sofort auf der Hut.

»Klar«, sagte sie leichthin und ließ sich ihre Anspannung nicht anmerken. Veronica diAngelo musste nun wirklich nicht merken, wie verletzlich sie in letzter Zeit war. Das wäre, als würde man sie ausdrücklich anflehen, einen zu quälen. Sie drehte sich um und ging in

Richtung Ausgang, in der Hoffnung, dass Veronica den Hinweis verstehen und sie in Ruhe lassen würde. »Wie immer.«

»Ach, tatsächlich?« Veronica war ihr gefolgt. Sie warf einen Blick auf Trent, der wie ein braves Hündchen drei Schritte hinter ihr stand, und sah dann wieder Jenny an. »Ich habe gehört, dass du die Fahrprüfung bestanden hast.«

Jenny knirschte mit den Zähnen und wünschte, sie hätte angeboten, Laura und Ben bei den Pferden zu helfen. »Hör mal, es war nett, mit dir zu plaudern. Aber jetzt muss ich wirklich …«

»Oh!« Trents dumpfe blaue Augen erhellten sich plötzlich. »Jetzt verstehe ich, Ronnie. Das ist das Mädchen, von dem du gesprochen hast, nicht wahr? Das, das diesen Unfall verursacht hat …«

»Ich habe ihn nicht …« Jenny unterbrach sich und versuchte, die Fassung zu bewahren.

Veronica lächelte ihr Raubvogellächeln und betrachtete sie durch ihre leicht gesenkten Lider. »Das stimmt«, sagte sie zu Trent. »Es kam in den Nachrichten, erinnerst du dich? Die Polizei hat gesagt, dass Jenny nicht am Tod des Pferdes und der Lähmung des Mädchens schuld war. Wer war sie noch, Jenny? Die Tochter eines Kongressabgeordneten? Oder war es ein Senator?«

Jenny war direkt an der Stalltür stehen geblieben. Sie

spürte, wie ihr das Blut durch die Adern rauschte und ihre Hände zu zittern begannen. Würde das denn nie enden? Würden die Leute denn nie aufhören, über den Unfall zu reden? Und würde sie nie in der Lage sein, darüber zu sprechen, ohne dabei diesen schrecklichen Ansturm von Emotionen zu erleben?

Jenny hatte schon öfter daran gedacht fortzugehen, an einen Ort, an dem noch niemand von ihr oder Callie Forester gehört hatte. Dann bräuchte sie sich auch nicht länger mit den ständigen Bemerkungen, ihren Gedanken und Erinnerungen und ihren Albträumen herumzuquälen ... Es war schlimm genug, wenn wohlmeinende Leute höfliche Fragen darüber stellten. Aber nun auch noch von weniger wohlmeinenden Leuten mehr oder weniger auffällig verspottet zu werden, war mehr, als sie ertragen konnte. Trotzdem wusste sie, was sie zu tun hatte. Sie musste Überlegenheit beweisen und durfte ihre Gefühle nicht zeigen, was auch immer geschah.

»Wie ich schon sagte«, knurrte sie schließlich mit zusammengebissenen Zähnen. »Ich muss jetzt wirklich nachsehen, ob Laura meine Hilfe braucht.«

Veronica zuckte mit den Achseln. »Wenn du meinst. Aber wenn du jemanden zum Reden brauchst, bin ich immer für dich da.«

Dieses Angebot war so lächerlich – und so verlogen –, dass Jenny beinahe laut gelacht hätte. Das half ihr und machte es ihr leichter, ihre wahren Gefühle vor Veronica zu verbergen.

Doch ausgerechnet in diesem Augenblick hörte sie hinter sich Stimmen. Bekannte Stimmen.

Mit einem wachsenden Gefühl der Verzweiflung drehte Jenny sich um und sah Callie und Scott Forester in den Stall kommen. Callie stützte sich schwer auf den Arm ihres Bruders. Er trug ihre Krücken in seiner freien Hand und bewegte sich sehr langsam, damit sie mitkam. Callies Gesicht war vor Anstrengung verzerrt.

Die beiden bemerkten Jenny sofort. Callie begrüßte sie mit einem Lächeln und einem kurzen Winken, doch Scott starrte sie einen Moment lang finster an und drehte sich dann demonstrativ weg.

Das war der Tropfen, der das Fass zum Überlaufen brachte. Es war einfach zu viel für einen einzelnen Menschen. Die Qual würde nie ein Ende haben. Ihr Leben würde nie wieder normal werden. Warum sollte sie also so tun, als wäre alles in Ordnung? Jennys gute Vorsätze lösten sich in Luft auf, ihre Verzweiflung überwältigte sie, und obwohl es ihr ungeheuer peinlich war, brach sie in Tränen aus. »Ich muss gehen«, schluchzte sie und fühlte sich wie der größte Versager der Welt, als sie sich an Veronica vorbeidrängte. »Ich muss nach Hause.«

Drittes Kapitel

»Warte nur, bis Julia hört, dass Veronica wieder aufgetaucht ist«, flüsterte Laura Silberstern zu. Ihr Pferd schnaubte, als wollte es ihr antworten, und stieß sie dann mit seiner großen, weichen Nase an, um einen Leckerbissen zu erbetteln. Laura lächelte und zog einen Apfelschnitz aus der Tasche. Beim Verwöhnen ihres Pferdes spürte sie, wie ein Teil ihrer inneren Anspannung von ihr wich.

»Ich wusste, dass es mir in deiner Gegenwart besser gehen würde«, sagte sie und schlang die Arme um den Hals des Braunen.

In Lauras Leben gab es etwas, das sich nie änderte: Sie konnte sich immer darauf verlassen, dass die Pferde ihr halfen, wenn sie Probleme hatte. Es war das Reiten gewesen, das ihr geholfen hatte, die Scherben aufzusammeln und weiterzumachen, als ihre Mutter gestorben war, und nun war es ebenfalls ein Pferd, das ihr half, sich nach dem Zusammenstoß mit der nervtötenden Veronica wieder zu beruhigen.

»Das ist alles Teil des Jobs«, sagte sich Laura und streichelte Silbersterns glänzendes Fell. »Die Arbeit mit Pferden ist keine Garantie dafür, dass man es nicht gelegentlich auch mit anstrengenden Leuten zu tun hat.«

Sie lachte. Ihr letzter Gedanke hatte sich angehört, als wäre er direkt aus dem Mund der stets vernünftigen und logisch denkenden Julia gekommen.

»Ich wette, Julia muss sich in ihrem Job nicht mit Knalltüten wie Veronica herumschlagen«, sagte Laura zu Silberstern. »Sie ist den ganzen Tag mit berühmten Stars zusammen und darf sich obendrein noch um ein paar großartige Pferde kümmern.«

Noch während sie es aussprach, verspürte sie einen Anflug von Neid. Doch sie verdrängte ihn schnell wieder. So ein Mensch war sie schließlich nicht. Oder vielleicht doch? Nur weil eine ihrer besten Freundinnen den Sommer über in Hollywood faulenzte, während sie in Virginia festsaß und Boxen ausmistete und Pferde sattelte für eingebildete …

»Hör auf damit«, befahl sie sich streng. Silberstern drehte ihr neugierig den Kopf zu und sie streichelte ihn noch einmal, bevor sie die Box verließ. »Ich glaube fast, dass Jenny nicht die Einzige ist, die einen schönen, langen und entspannenden Ausritt nötig hat. Silberstern, ich komme wieder, sobald ich Jenny gesagt habe, dass wir jetzt satteln wollen.«

Laura ging auf Belles Box zu. Ihr Gefühl des Neids war schon wieder verschwunden und jetzt freute sie sich für Julia, dass sie einen so interessanten Sommer erlebte. Sie wünschte allerdings, Julia hätte diesen Sommer in Willow Creek erleben können, zusammen mit ihr und Jenny. Aber schließlich würde Julia bald schon wiederkommen – übernächste Woche. Und dann würde alles wieder so sein wie immer.

Jenny war nicht bei Belle, deshalb machte Laura sich auf den Weg in die Sattelkammer in der Hoffnung, dass ihre Freundin gerade Belles Sattelzeug holte. Doch außer Ben hielt sich niemand in dem kleinen, nach Leder duftenden Raum auf. Er saß auf einer Kiste und putzte eine Trense.

»Hi«, sagte sie. »Sind Veronica und ihr Anhängsel gut weggekommen?« Sie hatte Congo gesattelt und Ben Firefly, doch Laura hatte sich nicht damit aufgehalten, Veronica und Trent beim Aufsitzen zuzusehen. Sie war einfach zu wütend gewesen.

Ben nickte. Einen Augenblick lang schien es so, als wäre das seine ganze Antwort. Doch gerade als Laura ihn fragen wollte, ob er Jenny gesehen hatte, sagte er etwas. »Du hast mir nicht gesagt, dass dieses Mädchen tatsächlich reiten kann. Ich habe einen Moment lang zugesehen, weil ich dachte, Firefly wäre vielleicht zu viel für sie. Aber sie ist wirklich gut.«

Laura konnte es kaum glauben. War es wirklich Bewunderung, was in Bens Stimme mitschwang?

»Logisch«, sagte sie sarkastisch. »Das sollte sie wohl. Schließlich hatte sie die beste Reitausbildung, die man für Geld bekommen kann.« Sie holte tief Luft. »Aber ich bin nicht gekommen, um über Veronica zu sprechen. Ich suche nach Jenny. Hast du sie gesehen?«

»Also, Veronica sagte etwas über ...«

Laura fiel ihm ins Wort. »Ich habe genug von dieser Veronica, ist das klar? Sie hat heute schon genug von meiner Zeit verschwendet«, fauchte sie. »Wenn du nicht weißt, wo Jenny ist, suche ich sie eben selbst.« Sie achtete nicht auf Bens überraschten Gesichtsausdruck und stürmte zurück zu Belles Box.

Als Laura Jennys lebhafte Stute streichelte und sich überlegte, wo sie noch nach Jenny suchen konnte, kam Denise McCaskill angerannt. »Laura, ich bin so froh, dass du noch da bist!«, rief die junge Frau erleichtert.

»Hi Denise«, sagte Laura und ein Blick auf die Uhr verriet ihr, dass die Mittagszeit längst vorbei war. Ihre Schicht war offiziell vorüber – zumal sie nun wusste, dass Denise im Stall war. Sie studierte Pferdekunde am College und eilte jeden Tag nach den Vorlesungen nach Pine Hollow, wo sie den Job der Nachmittags-Stallmeisterin innehatte. Schon bald würde sie eine Ganztagsstelle im Reitstall bekommen können. Darüber war

Laura sehr glücklich, doch sie kannte zumindest eine Person, die noch glücklicher sein würde: Red O'Malley. Der Futtermeister und Denise waren schon seit langem ein Paar. »Was ist denn los?«, fragte Laura, als ihr auffiel, wie beunruhigt Denise aussah.

»Checkers hat sich wieder aus dem Paddock befreit.«

»Schon wieder?« Laura seufzte. Das Quarter Horse war der reinste Entfesselungskünstler. Ein pferdesicherer Verschluss hielt es in der Box, doch es gelang ihm immer wieder, die Weiden und Paddocks zu verlassen. »Was hat er diesmal gemacht?«

»Frag mich lieber, was er *nicht* gemacht hat«, erwiderte Denise grimmig. »Als wir gemerkt hatten, dass er draußen war – und frag mich nicht, wie er das Tor aufbekommen hat, denn der Kerl, der es Max verkauft hat, hat behauptet, der Verschluss wäre absolut pferdesicher –, hatte er schon allerhand Unfug getrieben. Er hat die meisten der jungen Bäume ausgerissen, die Deborah hinter dem Paddock gepflanzt hat. Er hat die Futterkammer aufgemacht und ein paar Alfalfa-Pellets probiert – natürlich erst, nachdem er den Sack aufgerissen hatte. Wir sind uns außerdem ziemlich sicher, dass er es war, der das Tor vom rechten Paddock aufgemacht und die beiden Jährlinge hinausgelassen hat. Und jetzt kommt der Gipfel: Als wir ihn endlich entdeckt hatten, hat er sich gerade in der Mistgrube gewälzt.«

»Das darf doch nicht wahr sein.« Laura verzog das Gesicht. Trotz all ihrer Erfahrung schafften es manche Pferde immer noch, sie zu überraschen. »Es ist kaum zu glauben«, dachte sie. »Natürlich hat jedes Pferd seine eigene Persönlichkeit, aber manchmal …«

Plötzlich bemerkte sie den flehenden, erwartungsvollen Blick, mit dem Denise sie bedachte. »Ach, ich vermute, du brauchst meine Hilfe?«

»Tut mir Leid«, sagte Denise. »Ich weiß natürlich, dass deine Schicht längst zu Ende ist. Aber Checkers hat wirklich ungeheure Verwüstungen angerichtet und Max braucht jede Hilfe, die er kriegen kann.«

»Kein Problem. Ich komme«, seufzte Laura. Erst Veronica und dann das. Wenn das so weiterging, würde ihr der Schulanfang in zwei Wochen vorkommen wie der Beginn eines langen Urlaubs. »So viel zum Thema Ausritt«, murmelte sie und folgte Denise durch den Stall.

Jenny wünschte sich nichts sehnlicher, als sich in ihr Zimmer einzuschließen und mindestens eine Woche lang weinen zu können.

»Ich sollte wirklich nicht so ausflippen«, murmelte sie und nahm die Abkürzung durch den Garten eines

Nachbarn. Sie hoffte, dass sie es nur laut auszusprechen brauchte, um es selbst zu glauben. »Immerhin ist der blöde Unfall schon zwei Monate her.«

Doch es laut zu sagen, half genauso wenig, wie es zu denken. Jenny konnte diesen Unfall einfach nicht bewältigen. Sie musste zwar zugeben, dass es ihr mittlerweile etwas besser ging als zu Anfang – inzwischen gab es sogar Zeiten, in denen sie mehrere Stunden nicht an das dachte, was passiert war. Doch es gab auch Momente wie diesen, in denen ihre Gefühle so intensiv waren, dass sie sie schier überwältigten. Und in diesen Momenten kam es ihr vor, als wäre der Unfall erst gestern passiert – oder vor fünf Minuten. Sie fragte sich, ob sie wohl jemals darüber hinwegkommen würde. Aber wie sollte sie, wenn sie ständig daran erinnert wurde? Jedes Mal, wenn sie Scott oder Callie sah, wenn sie den Zündschlüssel im Schloss drehte, wenn es regnete ...

Jenny rieb sich erschöpft über die Stirn und drängte ein paar vereinzelte Tränen zurück, als sie in die Auffahrt ihres Elternhauses einbog. Warum hatte ihr das passieren müssen? Es war nicht fair. Sie hatte so etwas nicht verdient. Sie war eine gute Fahrerin, ein guter Mensch ...

Als sie die Haustür aufschloss, hörte sie das Telefon läuten und ihre Mutter rief von oben, ob jemand den Anruf annehmen könnte, weil sie zu beschäftigt war.

»Wenn's sein muss«, murmelte Jenny und rannte ins Wohnzimmer, um das Telefon auf dem kleinen Tisch neben dem Sofa zu benutzen.

Als ihre Hand den Hörer berührte, war sie sich plötzlich absolut sicher, dass es Julia sein würde. Julia rief an, weil sie gespürt hatte, dass Jenny sie brauchte. Jenny wusste, dass das Einzige, was sie jetzt wieder aufbauen konnte, die Stimme ihrer Freundin sein würde. Ihre Stimme und die Tatsache, dass Julia ein Flugticket an die Ostküste in der Tasche hatte und es kaum erwarten konnte, nach Willow Creek zurückzukommen.

»Hallo?«, sagte sie erwartungsvoll in den Hörer und rechnete fest damit, von Julia begrüßt zu werden.

Doch es war nicht Julia. Es war eine Frau, die sich sehr geschäftsmäßig anhörte. »Kann ich bitte Miss Jennifer Lake sprechen?«

»Hier ist Jenny Lake«, sagte Jenny automatisch und war ganz verwirrt, weil sich ihre Vorahnung als falsch erwiesen hatte.

»Hallo Jennif... Jenny.« Auf einmal klang die Stimme der Frau viel freundlicher. »Hier ist Elsie Summers von WCTV. Wir haben uns vor einigen Monaten kennen gelernt, als du ... als die Tochter des Kongressabgeordneten Forester bei diesem Unfall verletzt wurde.«

»Ich erinnere mich an Sie«, sagte Jenny wie betäubt. Sie sank aufs Sofa, denn ihre Knie waren auf einmal ganz weich. Elsie Summers war Reporterin bei einem lokalen Fernsehsender. Sie hatte eine ganze Reihe von Berichten über Jennys Unfall gebracht und Unmengen von neugierigen Fragen gestellt. Sie hatte mehrmals am Tag bei Jenny angerufen. Sie hatte sogar Jennys Fahrlehrer ausfindig gemacht und ihn gefragt, was für eine Schülerin sie gewesen war. Außerdem war sie mit einem Kamerateam in Pine Hollow aufgetaucht; allerdings hatte Max ihr den Zutritt verweigert. Eine Zeit lang hatte Jenny bei jedem Schritt gefürchtet, der aufdringlichen Reporterin zu begegnen. Die Frau hatte schließlich sogar angefangen, regelmäßig in Jennys Albträumen zu erscheinen. Jennys Eltern hatten gerade beschlossen, den Fernsehsender zu verklagen, als ein Farmer drei menschliche Skelette in seinem Acker gefunden hatte. Das hatte ausgereicht, um Elsie Summers von Jenny abzulenken, und Jenny hatte gehofft, dass zumindest dieser Teil ihrer Qual vorüber war. Was wollte Elsie Summers also jetzt schon wieder von ihr?

»Ich hoffe, ich störe nicht«, fuhr die Reporterin fort. »Aber inzwischen sind seit dem Unfall einige Monate vergangen und unsere Zuschauer würden gern wissen, wie es dir und Miss Forester geht. Ich habe gehört, dass sie Physiotherapie in Anspruch nimmt. Deswegen möchte ich noch einmal darüber berichten. Immerhin ist die Story von allgemeinem Interesse, meinst du nicht?«

Jenny biss die Zähne zusammen. Es war nicht zu glauben. Hatten es die Leute denn niemals satt, sich über einen lausigen Autounfall das Maul zu zerreißen? Würde sie nie ihre Ruhe haben?

»Nein, das meine ich nicht«, sagte sie ruhig und ihre Hand krallte sich um den Hörer, als wollte sie ihn erwürgen. »Das meine ich ganz und gar nicht.«

»Aber die Leute wollen wissen, wie die Geschichte weitergegangen ist«, bohrte Elsie Summers weiter. »Wir haben allein diese Woche mehrere Briefe und Anrufe zu dieser Story bekommen. Unsere Zuschauer sind sehr daran interessiert.«

Das reichte. Jenny spürte, wie ihr Gesicht knallrot wurde, doch das war ihr egal. »Dann sagen Sie Ihren verdammten Zuschauern, dass sie sich um ihre eigenen Angelegenheiten kümmern sollen!«, brüllte sie. »Und dasselbe gilt für Sie!« Sie knallte den Hörer mit solcher Wucht auf die Gabel, dass das Plastikgehäuse des Telefons zerbrach. Dann vergrub sie das Gesicht in den Händen und schluchzte hemmungslos.

»Jenny! Was war das eben für ein Geschrei?« Mrs Lake war in der Wohnzimmertür aufgetaucht. Als sie sah, dass Jenny weinte, kam sie schnell herein, setzte sich neben ihrer Tochter aufs Sofa und nahm sie in den Arm. »Was ist denn, Jenny? Ist etwas passiert? Wer war das am Telefon?«

»Es war diese Reporterin von Kanal vierzehn«, sagte Jenny mit belegter Stimme. Obwohl ihre Mutter sie im Arm hielt, zitterte sie und konnte nichts dagegen tun. »Die nach dem Unfall all diese schrecklichen Sachen über mich gesagt hat.«

Mrs Lake machte ein finsteres Gesicht. »Meinst du Elsie Summers?« Sie schüttelte den Kopf. »Ich wusste, dass wir etwas gegen diese aufdringliche Person hätten unternehmen sollen.« Sie sah ihre Tochter voller Liebe an. »Es tut mir Leid, Jenny. Es tut mir Leid, dass wir nicht mehr tun konnten, um all den schrecklichen Dingen nach dem Unfall ein Ende zu bereiten. Aber ich dachte, es wäre vorbei. Ich hätte nie gedacht, dass der Sender immer noch daran interessiert ist.«

Jenny und ihre Mutter hatten sich schon immer sehr nahe gestanden; schließlich waren sie die einzigen Frauen in ihrem großen Haushalt. Bisher hatte Jenny ihrer Mutter immer alles erzählt, doch jetzt, als sie sie tränenüberströmt ansah, wurde ihr klar, dass ihre Mutter keine Ahnung hatte, was sie in den letzten zwei Monaten durchgemacht hatte. Sie hatte einen Teil ihres Schmerzes mit ihren Eltern geteilt, aber nicht alles. Längst nicht alles. Sie nahm an, dass es daran lag, dass sie immer wieder versucht hatte, sich einzureden, dass es eigentlich keine so große Sache war. Schließlich war Callie diejenige, die verletzt worden war. Sie selbst hatte nur leichte Verletzungen davongetragen, die längst wieder verheilt waren.

Doch nach allem, was gerade passiert war, wusste Jenny, dass sie Hilfe brauchte. Ihr Körper mochte wieder gesund sein, doch die Wunden in ihrer Seele würden nicht von selbst heilen. Vielleicht konnte ihre Mutter ihr helfen, vielleicht aber auch nicht. Zumindest aber konnte Jenny ihr sagen, wie es in Wirklichkeit um sie stand.

Alle Gefühle, die sich in den letzten zwei Monaten in ihr aufgestaut hatten, brachen jetzt aus ihr heraus. Sie erzählte ihrer Mutter von den Albträumen, die sie immer noch mehrmals die Woche hatte. Von der Missachtung, mit der Scott Forester sie strafte. Von den überwältigenden Gefühlen der Schuld, Traurigkeit und Sorge, die sie jedes Mal überfielen, wenn sie mit ansehen musste, wie Callie sich mühsam auf ihren Krücken vorwärts kämpfte. Mrs Lake hörte schweigend zu, strich Jenny mit der einen Hand beruhigend übers Haar und hielt mit der anderen beide Hände ihrer Tochter fest umschlossen.

»... also vermute ich, dass mit mir etwas nicht stimmt«, sagte Jenny schließlich und fühlte sich danach so schlapp wie ein nasser Lappen. »Ich habe immer gedacht, dass die Zeit alle Wunden heilt, aber es ist schon eine Menge Zeit vergangen und ich fühle mich kein bisschen besser. Außerdem habe ich das Gefühl, dass ich nichts zu Stande bringe. Ich kann weder etwas für Callie tun noch Scott dazu bewegen, mir zu verzeihen.«

»Du kannst die Gedanken anderer Leute nicht beeinflussen, Liebes«, sagte Mrs Lake liebevoll. »Nur deine eigenen.«

Jenny zuckte mit den Achseln. »Wie es scheint, gelingt mir nicht einmal das.« Sie löste eine Hand aus dem Griff ihrer Mutter und wischte sich damit über die Augen. »Ich weiß, dass der Unfall nicht meine Schuld war. Er hätte jedem passieren können, ich habe getan, was getan werden konnte, es hätte viel schlimmer kommen können und so weiter. Ich dachte, ich wäre darüber hinweg. Und wenn es dabei nur um mich ginge, wäre ich das vielleicht auch. Callie hat mir schon lange verziehen und sie ist schließlich diejenige, um die es geht, nicht wahr?« Sie schniefte geräuschvoll. »Aber es ist unheimlich schwer, wenn man weiß, dass einen so viele Leute beobachten und über einen urteilen ...« Sie spürte, wie ihre Unterlippe wieder zu zittern begann. Sie biss mit den Zähnen darauf, um das Zittern zu stoppen. Sie wollte nicht schon wieder losheulen.

Ihre Mutter betrachtete sie besorgt. »Ich habe nicht gewusst, dass du immer noch so darunter leidest. Ich wünschte, du hättest früher etwas gesagt.« Sie schüttelte den Kopf. »Aber das ist nicht mehr zu ändern. Dann fangen wir eben heute an, nach einer Lösung zu suchen.«

»Ich glaube nicht, dass es eine Lösung gibt«, murmelte Jenny.

»Wir können es zumindest versuchen«, sagte Mrs Lake und dachte nach. »Vielleicht würde es dir helfen, ein wenig Abstand von all den Dingen zu gewinnen, die dich an den Unfall erinnern. Vielleicht solltest du einfach ein wenig Spaß haben, bevor die Schule wieder anfängt. Was hältst du von einem Familienurlaub?«

»Ein Familienurlaub?«, wiederholte Jenny zweifelnd. »Nach Disneyworld oder etwas in der Art?« Normalerweise liebte sie Vergnügungsparks. Doch irgendwie glaubte sie nicht, dass sich ihre Gefühle ändern würden, wenn sie ein paar Mal aus vollem Halse kreischend Achterbahn fahren würde. »Aber andererseits ist es auch nicht gerade ein Picknick, hier herumzuhängen«, dachte sie dann düster.

»Nein«, sagte Mrs Lake. »Ich hatte eher an eine Woche Camping in den Bergen gedacht. Aber mir ist gerade eingefallen, dass dein Vater von der nächsten Woche an einen wichtigen Fall hat, der ihn vermutlich den ganzen nächsten Monat beschäftigen wird ...«

Das Zuschlagen der Hintertür unterbrach ihr Gespräch. Einen Augenblick später betrat Alex das Wohnzimmer. Als er seine Mutter und seine Schwester Arm in

Arm auf dem Sofa sitzen sah, blieb er abrupt stehen. »Hi. Was ist denn hier los?«

»Nichts«, sagte Jenny schnell und rückte ein paar Zentimeter von ihrer Mutter ab. Sie wollte nicht, dass ihre Brüder erfuhren, wie schwer sie das alles nahm. Sie würden sie zwar nicht damit aufziehen, wie sie es getan hätten, als sie noch jünger waren, doch ihr Mitleid wollte Jenny auch nicht.

Mrs Lake schien zu spüren, was Jenny fühlte. »Wir haben uns nur gerade darüber unterhalten, dass wir schon lange nicht mehr mit der ganzen Familie in den Urlaub gefahren sind«, erklärte sie Alex. »Ich dachte, es wäre schön, wenn wir noch einmal etwas zusammen unternehmen würden, bevor ihr wieder zur Schule müsst. Euer Vater kann zwar nicht lange weg, aber was haltet ihr von einem Wochenendausflug? Vielleicht an den Strand ...«

»Ausgeschlossen«, sagte Alex sofort. »Die Hälfte der Einwohner feiert Sommerfeste und alle wollen vorher ihren Rasen gemäht haben. Ich werde die nächsten zwei Wochen ununterbrochen arbeiten. Ich kann schon froh sein, wenn ich gelegentlich die Zeit finde, einen Happen zu essen.«

Mrs Lake seufzte. »Vielleicht fällt uns noch etwas anderes ein ...«

Das Telefon klingelte wieder. Jenny fuhr erschrocken

zusammen. »Ich bin nicht da!«, rief sie und bemerkte dabei nicht einmal Alex' erstaunten Gesichtsausdruck. »Das ist bestimmt wieder diese Frau!«

»Die kann etwas erleben.« Mrs Lake machte ein strenges Gesicht, als sie den Hörer abnahm. »Ja?«, sagte sie energisch. »... Oh, hallo Julia. Wie schön, nach so langer Zeit wieder einmal deine Stimme zu hören. Wie geht es dir?«

Jennys Herz machte einen Freudensprung. »Ist es Julia?«, fragte sie aufgeregt und griff nach dem Hörer. Auch Alex war ein paar Schritte näher gekommen und sah aus, als könnte er es kaum erwarten, mit seiner Freundin zu sprechen.

Mrs Lake hob abwehrend die Hand. »Einen Moment«, sagte sie zu ihren Kindern. Dann sprach sie wieder ins Telefon. »Julia? Jenny und Alex sind hier und wollen dich beide sprechen. Aber zuerst habe ich eine Frage. Können du und dein Vater ein paar Tage Besuch verkraften? Wenn ja, habe ich genau das richtige Mädchen für euch.«

Einen Augenblick lang verstand Jenny gar nichts, doch dann begriff sie. »Ehrlich?«, jubelte sie. »Du schickst mich nach Kalifornien?« Ihre Stimmung hob sich ein wenig. Hatte sie nicht gerade gedacht, dass Julia vermutlich die Einzige war, die ihr bei der Lösung ihres Problems helfen konnte?

»He!«, protestierte Alex. »Was ist mit mir? Ich vermisse Julia genauso!«

»Und du wirst ununterbrochen arbeiten – schon vergessen?« Mrs Lake blinzelte Jenny zu und erlaubte Alex, ihr den Telefonhörer aus der Hand zu nehmen.

Ausnahmsweise machte es Jenny nichts aus, ihren Bruder zuerst telefonieren zu lassen. Sie lächelte ihre Mutter an und fühlte sich, als wäre ihr eine schwere Last von den Schultern genommen worden. Bald würde sie so lange mit Julia reden können, wie sie wollte – in Kalifornien. Sie würde mit eigenen Augen sehen können, was an der Westküste so toll sein sollte. Und das Beste war, dass sie Julia vor ihrem Rückflug beim Packen helfen konnte, denn erst wenn Julia wieder da war, würde dieser ganze furchtbare Sommer ein Ende haben.

»Ich kann immer noch nicht glauben, dass ich auch kommen darf«, sagte Laura ins Telefon.

»Ich weiß«, sagte Julia am anderen Ende der Leitung. »Ist das nicht toll? Wir drei werden fast eine ganze Woche Zeit haben. Und ihr könnt endlich Evelyn und Lily kennen lernen, Skye wieder sehen …«

»Und dich. Vergiss nicht, dass du der Hauptgrund für

unseren Besuch bist.« Laura seufzte glücklich und ließ sich in die Sofakissen sinken. Alles war so schnell passiert. Vor etwas mehr als vierundzwanzig Stunden war sie noch in Pine Hollow gewesen und hatte nach Jenny gesucht. Und jetzt war sie gewissermaßen schon auf dem Weg an die Westküste, wo sie tagelang die Sonne genießen und endlich das glanzvolle Luxusleben kennen lernen würde, von dem sie schon den ganzen Sommer geträumt hatte. Es war Mrs Lakes Idee gewesen: Sie war der Meinung, dass Jenny an der Reise mehr Freude haben und sich besser entspannen würde, wenn ihre beiden Freundinnen bei ihr waren. Glücklicherweise hatte sie es geschafft, Lauras Vater, der Jenny fast so gern hatte wie seine eigene Tochter, dazu zu überreden, ihr einen Teil seines Vielfliegerbonus zu übertragen, den er sich auf seinen Vortragsreisen verdient hatte, seitdem er bei der Marineinfanterie in den Ruhestand getreten war. Ein zusätzlicher Glücksfall war, dass Denise begeistert von dem Gedanken war, ihren Ganztagsjob in Pine Hollow schon eine Woche früher anzutreten, und damit war Laura bei Max in Ehren entlassen.

»Ich hoffe nur, dass Alex uns das nicht übel nimmt«, bemerkte Julia besorgt.

Laura zuckte mit den Achseln und schlang sich die Telefonschnur um den Finger. Wenn es nach ihr ging, konnte Alex zusehen, wo er blieb. »Ich glaube, er versteht, dass Jenny diesen Urlaub nötig hat«, sagte sie. »Außerdem hat Jenny mir erzählt, dass er ohnehin nicht mitfliegen könnte, weil er bereits unzähligen Leuten zugesagt hat, ihren Rasen zu mähen.«

Julia seufzte und Laura vermutete, dass sie Alex sehr vermisste. »So ist es bestimmt besser«, sagte Julia. »Ich hatte den Eindruck, dass Jenny dringend alles hinter sich lassen muss, was sie an zu Hause erinnert.«

»Mit Ausnahme von uns«, sagte Laura schnell. »Aber du hast Recht. Die letzten zwei Monate waren hart für sie.«

»Mach dir deswegen keine Sorgen. Wenn sie etwas aufmuntern kann, dann sind es die netten Menschen, der blaue Himmel und die großartigen Strände, die wir hier haben.«

Überrascht hob Laura die Brauen. Was meinte Julia mit *wir*? Es hörte sich fast so an, als betrachtete sie Kalifornien als ihr Zuhause. Schnell verdrängte Laura diesen Gedanken. »Klar«, sagte sie. »Ich glaube dir gern, dass du dort viel Spaß hast. Du weißt schon, Partys mit Filmstars und so etwas.«

Julia lachte. »Nun, zumindest mit Fernsehstars. Und es ist wirklich toll. Aber du darfst nicht vergessen, dass sie auch nur Leute wie du und ich sind.«

»Sicher doch«, sagte Laura sarkastisch. »Ich bin überzeugt, dass Skye Ransom und Jeremiah Jamison genauso sind wie ein Haufen rotznäsiger Ponyclub-Kinder, die alle darauf bestehen, in jeder Reitstunde Patch zu bekommen. Und Summer Kirke ist natürlich ganz genauso wie die alte Mrs Twitchett, die jedes Mal schreit wie am Spieß, sobald ihr Pferd einen einzigen Trabtritt macht.«

Julia lachte. »He, ich habe nicht behauptet, dass hier alles *ganz genauso* ist. In Willow Creek bin ich zum Beispiel nicht in fünfzehn Minuten am Strand. Ich kann es kaum erwarten, euch alles zu zeigen. Ihr werdet begeistert sein, das weiß ich genau.«

»Toll.« Laura bemühte sich, ihre Stimme freudig klingen zu lassen, doch auf einmal war sie nicht mehr so glücklich wie noch vor wenigen Minuten. Sie biss sich auf die Lippen und zupfte am Stoff des Sofas herum. Bildete sich sich das ein oder fuhr Julia tatsächlich total auf diese ganze Kalifornien-Geschichte ab? Wenn Laura sich recht erinnerte, hatte Julia die meiste Zeit nur von all den tollen Sachen dort geschwärmt und nicht ein einziges Mal die tollen Sachen erwähnt, die sie zu Hause vermisste. War das möglich? Oder sah sie schon Gespenster? Es gab nur eine Möglichkeit, es herauszufinden: Sie musste sie direkt danach fragen.

Doch noch bevor sie Gelegenheit hatte, sich eine Vorgehensweise zu überlegen, vernahm sie ein erschrockenes Schnaufen aus dem Telefon.

»Was ist denn los?«, fragte sie.

Julia lachte wieder, doch diesmal hörte es sich etwas schrill und nervös an. »Ach, nichts Besonderes«, sagte sie atemlos. »Nur ein kleines Beben.«

Mit einem Ruck setzte Laura sich auf. Sie umklammerte den Hörer. »Ein Beben?«, wiederholte sie. »Du meinst doch nicht etwa ein *Erdbeben*?« Sie musste wieder daran denken, dass Julia, als sie bei der Party der Foresters angerufen hatte, auch ein solches Beben erlebt hatte. Und jetzt schon wieder eines. Für Lauras Geschmack kamen diese Erdbeben ein wenig zu häufig vor. Natürlich wusste sie, dass es in Kalifornien Erdbeben gab, doch darüber hatte sie sich noch nie Gedanken gemacht – dass die Erde sich öffnen und Julia verschlingen konnte. »In Willow Creek gibt es keine Erdbeben«, dachte sie.

Diesmal klang Julias Lachen echter. »Es ist schon wieder vorbei«, sagte sie. »Mach dir keine Sorgen. Diesmal war es anscheinend nicht das ganz große Ding.«

Laura zwang sich zu einem Kichern. »Ein Glück für dich«, sagte sie. »Aber nun lass uns Schluss machen, sonst merkt mein Dad noch, wie lange wir telefonieren, und beschließt, sich seinen Vielfliegerbonus lieber auszahlen zu lassen, um damit die Telefonrechnung zu bezahlen.«

Die Mädchen verabschiedeten sich und Laura legte auf. Sie blieb noch einige Minuten sitzen und dachte nach. Irgendetwas an ihrem Gespräch mit Julia hatte sie beunruhigt. Vielleicht war es das Erdbeben gewesen. Es war ein komisches Gefühl, in einem Moment mit Julia zu sprechen, in dem die Erde unter ihren Füßen bebte. Wahrscheinlich war es das, was sie beunruhigte.

Vielleicht war es aber auch noch etwas anderes.

Viertes Kapitel

»Und das ist der Strand«, sagte Julia und zeigte auf einen glitzernden Streifen völlig weißen Sandes. »Seht ihr? Er ist nur ein paar Schritte vom Haus entfernt.« Sie machte eine Handbewegung zu dem monströsen, supermodernen weißen Haus, das sie gerade verlassen hatten.

»Sehr hübsch«, bemerkte Jenny fröhlich. »Ich bin so froh, dass wir dich besuchen dürfen.«

Laura nickte zustimmend. Der Strand war sehr schön, genau wie die majestätischen Berge, die sich direkt hinter dem von Mammutbäumen gesäumten Pfad erhoben, auf dem die Mädchen standen. Von irgendwoher trug die sanfte Brise ihnen Musik von den Beach Boys zu.

Laura atmete tief ein und genoss den Ausblick. Doch dann fühlte sie etwas Merkwürdiges unter ihren Füßen.

»J-Julia?«, stammelte sie unsicher. »W-war das ein B-Beben?«

Julia lachte sorglos und schwenkte die Hand durch die Luft. »Mach dir deswegen keine Sorgen. Hier achtet niemand mehr auf diese winzigen Erschütterungen.«

Laura schnappte erschrocken nach Luft, als sich der Boden erneut unter ihr bewegte. Diesmal hörte sie es auch – ein unheimliches Knirschen und Knarren.

Jetzt sah auch Jenny besorgt aus. »War das wieder ein Beben?«

Julia reagierte gereizt. »Würdet ihr beide bitte endlich mit dem Gejammer aufhören? Ich will euch noch das Surfen beibringen, bevor wir zu der Filmpremiere müssen. Und vergesst nicht, dass wir für heute Abend einen Tisch in dem berühmten Restaurant am Rodeo Drive bestellt haben, wo all die berühmten Stars essen, und ...«

»Iiih!«, kreischte Laura, denn der Sand unter ihren Füßen quoll hoch. Diesmal war es unverwechselbar und diesmal hörte es auch nicht wieder auf. Der Pfad vor ihnen schlug Wellen, als kröche darunter eine grauenhafte Kreatur, die gerade erwacht war und nun nach einem Weg aus der Erde suchte.

Jenny war kalkweiß geworden. Sie holte tief Luft und kreischte »Erdbeben!«, so laut sie konnte.

Laura hatte zum Schreien zu viel Angst. Sie schlang ihre Arme um einen Baumstamm, der jedoch im selben Augenblick umstürzte. Sie warf sich auf den Boden und wagte kaum, den großen Riss anzusehen, der sich direkt vor ihr aufgetan hatte. Gewaltige Felsbrocken polterten von den Bergen herunter. Sie spürte, wie ihr Körper genauso durchgeschüttelt wurde wie die Erde unter ihr ...

»Laura! Wach auf!«

Laura riss die Augen auf. Sie hatte immer noch das Gefühl, durchgeschüttelt zu werden, doch jetzt erkannte sie den wirklichen Grund dafür. Jenny hatte ihre Schulter gepackt, schüttelte sie und sah ihr dabei ungeduldig ins Gesicht.

»Äh... was ...?«, murmelte Laura, entzog Jenny ihre Schulter und rieb sich die Augen. Dann sah sie sich in dem voll besetzten Jumbojet um. Sie saßen in der mittleren Reihe und konnten deshalb nicht aus dem Fenster sehen. »Sind wir schon da?«

»Wir sind gerade gelandet.« Jenny stand auf und begann, ihre Taschen aus dem Fach oberhalb der Sitzreihe zu zerren. »Du hast geschlafen wie ein Stein. Daran sind bestimmt all die Erdnüsse schuld, die du nach dem Abflug gegessen hast.« Sie ließ ihren voll gestopften Rucksack auf den Sitz plumpsen.

Laura erschreckte der plötzliche Aufprall neben sich. »Tu so etwas nicht!«

Jenny legte den Kopf schief und sah verblüfft auf Laura herab. »Was ist los mit dir?«

»Ich hatte gerade einen ganz verrückten Traum.« Während die beiden sich mit allen anderen Passagieren aus der Maschine schoben, erzählte Laura Jenny von ihrem grässlichen Albtraum. Als sie geendet hatte, prustete Jenny los.

»Du hättest die ganze Zeit wissen müssen, dass es nur ein Traum war«, sagte sie. »Seit wann benutze ich Formulierungen wie *sehr hübsch?*«

Laura zuckte mit den Achseln und gähnte. »Das ist wohl wahr.«

Als die beiden endlich das Empfangsgebäude erreichten, entdeckten sie sofort einen wohl bekannten Menschen, der winkend und lachend auf sie zustürzte.

»Julia!«, jubelten sie wie aus einem Mund.

Die nächsten Sekunden bestanden nur aus einem einzigen Gewirr von Umarmungen und Ausrufen, bis Jenny schließlich einen Schritt zurücktrat, um sich Julia in Ruhe anzusehen.

»Es ist toll, dich wieder zu sehen«, sagte sie. »Du siehst fantastisch aus. Bist du braun geworden!«

Julia grinste. »Ja, meine Mutter wird ausflippen – sie hat mir Sonnenschutzcreme mit Lichtschutzfaktor fünfundvierzig mitgegeben – wahrscheinlich hofft sie, dass ich kalkweiß wiederkomme«, sagte sie. »Aber wenn man bei diesem Wetter längere Zeit draußen ist, wird man braun, ob man will oder nicht.«

»Ich weiß, was du meinst«, sagte Jenny. »Ich war diesen Sommer auch viel draußen.«

»Klar.« Julia zuckte abschätzig mit den Achseln. »Aber du weißt ja, was man über den Sonnenschein von Kalifornien sagt.«

Jenny konnte ein Stirnrunzeln nicht unterdrücken. »Nein, was sagt man denn darüber?«

Laura schaltete sich ein, bevor Julia etwas sagen konnte. »Julia! Dein Haar! Es sieht klasse aus! Warst du etwa in einem dieser schicken Frisörsalons in Hollywood?«

Jetzt fiel auch Jenny auf, dass Julia ihr Haar etwas anders trug. Anfangs hatte sie nur gedacht, Julia hätte es zurückgekämmt, doch tatsächlich hatte sie einen unauffälligen neuen Haarschnitt, der ihr Gesicht umrahmte und ihre hohen Wangenknochen und die großen, leuchtenden Augen erst richtig zur Geltung brachte. Jenny musste wieder an die Unterhaltung denken, die sie kurz vor ihrer Abreise mit Alex geführt hatte. Er hatte sie nicht direkt gebeten, für ihn nach Julia zu sehen, doch Jenny wusste, dass er es gedacht hatte. Für Alex war Julia das schönste Mädchen der Welt und er war überzeugt davon, dass jeder andere Junge versuchen würde, sie ihm wegzunehmen. Und jetzt, wo sie vor Julia stand, hielt sie das nicht länger für abwegig. Sie hatte beinahe vergessen, wie hübsch ihre Freundin wirklich war.

»Gefällt es euch?« Julia hob leicht verlegen eine Hand an ihre neue Frisur, schien sich aber auch über das Kompliment zu freuen. »Das hat Evelyns Frisör gemacht. Evelyn dachte, ich würde damit etwas, nun ja, älter aussehen. Erwachsener.«

Laura nickte begeistert. »Das tust du auch. Mich wundert nur, dass sie dich nicht längst gebeten haben, in dieser Fernsehserie mitzuspielen, statt nur hinter den Kulissen zu arbeiten.«

Julia lachte verlegen. »Keine Chance«, versicherte sie ihren Freundinnen. »Meine Tage als Schauspielerin sind längst vorüber.« Sie nahm Laura einen Teil ihres Handgepäcks ab und deutete auf das Gepäckförderband. Gemeinsam gingen sie darauf zu. »Außerdem spielt sich hinter den Kulissen viel mehr ab, als man glaubt. Dort zu arbeiten, ist wirklich faszinierend.«

Jenny musterte Julia von oben bis unten. Nicht nur ihre Sonnenbräune und der neue Haarschnitt ließen sie verändert aussehen. »Was haben die Klamotten zu bedeuten?«, fragte sie grob. »Zu Hause ziehen wir nicht unsere besten Sachen an, um mal eben zum Flughafen zu fahren.«

Julia war überrascht. Sie sah an sich herunter, auf den kurzen, glitzernden Rock aus bedrucktem Stoff und die ärmellose weiße Leinenbluse. »Ach, das ist nichts Besonderes. Evelyn hat mir beim Aussuchen geholfen.« Sie lächelte. »Wir haben die Sachen in der Galleria gekauft – wisst ihr, dem weltberühmten Einkaufszentrum. Gefallen sie dir nicht?«

»Doch«, sagte Jenny schnell. »Und ich wette, Alex werden sie auch gefallen.«

»Sie sehen toll aus«, versicherte Laura ihr und warf Jenny einen verblüfften Blick zu.

Um ihre Gefühle zu verbergen, starrte Jenny schnell auf das Gepäckband. Was war nur los mit ihr? Wahrscheinlich hätte sie Lauras Beispiel folgen und im Flugzeug etwas schlafen sollen. Bestimmt war sie übermüdet von ihrem langen Flug – warum sollte sie sonst diese verworrenen Gefühle haben! »Julia hat ihr Äußeres ein bisschen verändert«, dachte sie. »Na und? Im Innern ist sie doch immer noch dieselbe Person. Deine beste Freundin. Also entspann dich gefälligst. Diese Reise wird dir nicht helfen, wenn du ein Problem vergisst und dir dafür ein anderes schaffst.«

Kurze Zeit später erschienen die ersten Gepäckstücke auf dem im Kreis herumlaufenden Förderband. »Da ist deins«, sagte Jenny, als Lauras rote Reisetasche aus dem Schacht auf das Band fiel.

Laura nickte. Sie griff nach der Tasche, doch sie verfehlte den Trageriemen und die Tasche fiel mit einem dumpfen Geräusch auf das Band. Der Aufprall ließ Laura zusammenzucken – Jenny konnte sich denken, warum.

»Dein Traum macht dich wohl immer noch nervös«, scherzte sie in der Hoffnung, die Stimmung zu heben; ihre ebenso wie die der anderen.

»Was für ein Traum?«, fragte Julia.

Etwas verlegen erzählte Laura ihr davon. Doch als sie geendet hatte, lächelte Julia.

»Mach dir deswegen keine Sorgen«, sagte sie, während die drei mit dem Gepäck dem Ausgang zustrebten. »Wie ich schon sagte, gehören diese kleinen Beben hier einfach zum Alltag. Und auch wenn die Leute in anderen Teilen des Landes es anders sehen, kommen sie nicht einmal sehr oft vor. Ich bezweifle ernsthaft, dass man sich deswegen Sorgen machen sollte.« Sie machte eine Pause. »Und jetzt zu deiner Traumvorstellung vom Haus meines Vaters ...«

Wenige Minuten später steuerte Julia ihr kleines rotes Auto fachmännisch durch den dichten Verkehr rund um den Flughafen. Es herrschte ein solcher Verkehr, dass Jenny es nicht einmal schaffte, die Anzahl der Fahrspuren auszumachen, die in beide Richtungen führten.

»Lass mich raten«, sagte sie grimmig und krallte eine Hand unauffällig in die Mittelarmlehne auf dem Rücksitz. Ihre Nervosität war eine weitere Nachwirkung des Unfalls. Doch sie war überzeugt, dass dieser wahnwitzige Verkehr sie auch ohne den Unfall nervös gemacht hätte. »Das muss einer von diesen Freeways sein, von denen man so viel hört.«

Julia warf ihr im Rückspiegel einen kurzen Blick zu. »Stimmt«, bestätigte sie. »Die ersten Male war es ziemlich aufregend, hier zu fahren, vor allem nach all den ruhigen und friedlichen Landstraßen, die ich von zu Hause gewohnt war.«

Julia hatte ihre Worte ganz unschuldig gemeint, doch aus irgendeinem Grund ärgerten sie Jenny. »Ach, komm schon«, sagte sie. »Nun tu nicht so, als wäre Willow Creek ein verschlafenes Hinterwäldlerkaff.«

Laura spürte natürlich Jennys Gereiztheit, doch sie war zu sehr mit ihren eigenen Sorgen beschäftigt, um herauszufinden, was mit Jenny los war. Trotz Julias beruhigender Worte schaffte sie es nicht, ihren Traum abzuschütteln. Dieses Erdbeben hatte sich so echt angefühlt ... Laura wusste natürlich, dass sich dieses Gefühl der Echtheit wahrscheinlich durch die Bewegungen des Flugzeugs bei der Landung erklären ließ. Ihr Unterbewusstsein hatte vermutlich die Turbulenzen beim Landeanflug in das Gefühl von bebender Erde umgewandelt – genau so, wie sie oft vom Läuten der Schulglocke oder dem Pfeifen eines Zugs träumte, wenn ihr Wecker klingelte.

»Vergiss den blöden Traum«, ermahnte sie sich streng. »Du hast nichts von all dem Hollywood-Glitter, auf den du dich so gefreut hast, wenn du jeden Moment darauf wartest, dass das ganz große Ding einsetzt.« Trotzdem gelang es ihr nicht, ihre Angst vollständig zu verdrängen.

Genau in diesem Augenblick spürte sie ein Rumpeln

und das Motorengeräusch des kleinen Autos wurde von einem ohrenbetäubenden Dröhnen übertönt. Laura erschrak zu Tode, doch sie fing sich schnell wieder, als ein riesiger Sattelschlepper voller Traktoren an ihnen vorbeidonnerte. Sie spürte, wie sie rot wurde, und warf ihren Freundinnen einen verstohlenen Blick zu. Zum Glück hatten sie nichts gemerkt.

»Reiß dich zusammen!« befahl sie sich und sackte seufzend in ihrem Sitz zusammen.

Um nicht länger an ihren Traum denken zu müssen, widmete sie ihre Aufmerksamkeit wieder der Unterhaltung ihrer Freundinnen. Sie sprachen über Alex.

»Du solltest ihn sehen«, prahlte Jenny. »Durch das ganze Rasenmähen sieht er inzwischen aus wie ein Bodybuilder. Braun ist er geworden und ich glaube, die Sonne hat auch seine Haare etwas heller werden lassen.«

»Spricht er manchmal von mir?«, fragte Julia nachdenklich.

Jenny schnaubte. »Manchmal? Jede wache Sekunde! Er macht uns alle verrückt. Tim kann es kaum noch erwarten, nächste Woche wieder ins Studentenwohnheim zurückzukehren, wo er ihm nicht dauernd zuhören muss. Und Michael hat ein paar Mal versucht, seinen tragbaren CD-Player zum Essen mitzubringen, aber Mom und Dad haben ihn gezwungen, die Kopfhörer abzunehmen.«

Julia lachte. »Das klingt, als hätte sich zu Hause nicht viel verändert.«

»Doch, etwas schon«, sagte Laura. »Du warst nicht da.«

Julia lächelte zwar, schien sich aber ein wenig unbehaglich zu fühlen. Dann wechselte sie das Thema und begann, von Lily zu erzählen. »Ihr werdet sie lieben«, behauptete sie voller Begeisterung. »Sie ist aber auch entzückend. Ich finde, sie sieht Evelyn jetzt schon sehr ähnlich, aber Evelyn behauptet, sie hätte genau die gleichen Augen wie ich.«

Jenny zwang sich zu einem Lächeln. »Tatsächlich?«, sagte sie. »Das erinnert mich daran, dass Max und Deborah neulich sagten, Maxi hätte dieselben Augen wie Mrs Reg.« Maxi, abgekürzt für Maxine, war die ältere von Max' zwei Töchtern. Die meisten Leute in Pine Hollow waren sich einig, dass die Kleine ihrer Mutter Deborah sehr ähnlich sah. Doch auch die Regnery-Hälfte der Familie war unübersehbar, vor allem die Ähnlichkeit mit Max' Mutter Mrs Reg.

»Ich habe noch nicht einmal nach Max und seiner Familie gefragt!«, rief Julia verlegen. »Wie geht es ihnen? Ist Maxi immer noch so verrückt nach Pferden?«

Jenny lächelte zufrieden. »Es wird auch Zeit, dass sie nach den Leuten zu Hause fragt«, dachte sie und begann, über die Regnerys zu plaudern. »Es ist ja nicht so, als wären Laura, Alex und ich die einzigen Leute, die sie in Willow Creek kennt.«

»Dakota Lady geht es auch gut«, berichtete Laura einige Minuten später. »Allerdings vermisst sie dich.«

»Ehrlich?« Julia lächelte und warf ihr einen kurzen Blick zu. »Und woher weißt du das?«

Laura tat so, als wäre sie überrascht. »Natürlich, weil sie es mir gesagt hat.«

Da mussten alle drei lachen und einen Moment lang entspannte sich Jenny. Es war wie in den alten Zeiten – drei beste Freundinnen, die miteinander lachten und über Pferde redeten.

Dann murmelte Julia etwas und drückte auf die Hupe – ein anderer Autofahrer war zu dicht vor ihr eingeschert –, und der sorglose Augenblick war vorüber.

»Keine Angst, wir sind gleich da«, versicherte Julia ihren Freundinnen. Sie blinkte und schloss sich einer Reihe von Fahrzeugen an, die ebenfalls die Ausfahrt ansteuerten. »Ich weiß, dass einem diese Freeways anfangs ziemlich unheimlich vorkommen, aber wenn man erst einmal eine Weile hier ist, möchte man sie nicht mehr missen.« Sie grinste. »Habt ihr schon gehört, dass behauptet wird, in L.A. ginge niemand zu Fuß? Es stimmt wirklich.«

Jenny stellte fest, dass sie schon wieder die Stirn runzelte. Julia klang nicht wie jemand, der sich darauf vorbereitete, einen fremden, anstrengenden Ort zu verlassen und wieder nach Hause zu kommen. Sie klang vielmehr wie eine zufriedene Einheimische, die sich in ihrer Umgebung vollkommen wohl fühlt. »Sei doch nicht blöd«, befahl sie sich streng. »Alex' Wahnvorstellungen von all den gut aussehenden kalifornischen Typen, die mit Julia ausgehen, müssen dein Gehirn vergiftet haben. Sie ist einfach nur Julia, die wie immer das Beste aus allem macht.«

Dieser Gedanke tröstete sie ein wenig. Doch als Julia ihren Wagen durch eine breite, sonnige Straße steuerte, die von Palmen, exotischen Blütenpflanzen und stuckverzierten Bungalows gesäumt war, fragte sie sich schon wieder, was alle an Kalifornien so toll fanden. In ihren Augen war es nichts Besonderes.

»Wir haben schon so viel von euch beiden gehört! Stimmt's, Lily?« Evelyn stützte das Kleinkind mit der Hüfte ab und gab Jenny und Laura die Hand.

Laura erwiderte das warme, offene Lächeln der Frau. Sie war ihr auf Anhieb sympathisch. Jetzt verstand sie auch, warum Julia sich so schnell an die neue Frau ihres Vaters gewöhnt hatte. Eine Stiefmutter wie Evelyn hätte wahrscheinlich jeder gern.

Mr Atwood war noch bei der Arbeit, doch Evelyn hatte mit Lily an der Tür gewartet, um die Mädchen zu begrüßen und ihnen das kleine, aber gemütliche Gästezimmer über der Garage zu zeigen. Wie Julia schon gesagt hatte, bestand zwischen dem Haus und der Monstrosität am Strand, von der Laura geträumt hatte, nicht die geringste Ähnlichkeit. Es war ein hübsches Einfamilienhaus in einer ruhigen Wohnstraße und gegenüber befand sich ein kleiner Park. Der Ozean war nirgendwo zu sehen, doch Julia versicherte ihren Freundinnen, dass er zu Fuß oder mit dem Rad schnell zu erreichen war. Das Haus war in einem gemütlichen, fröhlichen Stil eingerichtet, der perfekt zu Evelyn zu passen schien.

»Wir haben auch schon viel von Ihnen beiden gehört«, antwortete Laura höflich. »Oder etwa nicht, Jenny?«

»Häh?« Jenny hatte sich in dem hellen, etwas unordentlichen Wohnzimmer umgesehen. Es bestand kein Zweifel, dass sie Laura nicht zugehört hatte. »Oh, äh – natürlich.«

Laura wollte nicht, dass Evelyn sie für unhöflich hielt, und so sprach sie schnell weiter, bevor Jennys Geistesabwesenheit auffiel. »Darf ich Lily mal nehmen?«, fragte sie.

Evelyn lächelte erfreut. »Natürlich darfst du. Ich habe gerade ihre Windel gewechselt, du brauchst also nicht zu befürchten, dass Lily nass wird, während du sie auf dem Arm hast.«

Laura kicherte und griff nach dem Kind. Kurz darauf hatte sie Lily im Arm und die Kleine sah mit ihren großen, unschuldigen Augen zu ihr auf. »Du bist ja wirklich das süßeste …« Laura schnappte nach Luft. »Was war das?«, rief sie entsetzt. Diesmal wusste sie, dass sie es sich nicht nur einbildete und dass es auch kein Lastwagen war. Der Fußboden bebte – nur leicht, aber er bebte. Sie drückte das Baby so fest an sich, dass Lily anfing, empört zu strampeln.

»Keine Angst, Laura«, beruhigte Evelyn sie. »Das ist nur ein leichtes Beben. Es wird gleich vorbei sein.«

Tatsächlich; Evelyn hatte die Worte kaum ausgesprochen, da hörte es auch schon wieder auf. Doch Laura bebte weiter. Sie gab Lily schnell an Julia ab und ließ sich dann auf den nächsten Stuhl fallen, weil sie fürchtete, ohnmächtig zu werden.

»He, das war ja irre!«, rief Jenny. Auch sie sah nervös aus, jedoch nicht annähernd so verstört wie Laura. »Wie lebt ihr Leute damit? Also, zu Hause haben wir manchmal ziemlich heftige Gewitter, aber das …«

Evelyn lächelte und bedachte Laura mit einem besorgten Blick. »Es kommt einem nicht mehr so komisch vor, wenn man hier aufgewachsen ist, so wie ich«, erklärte sie.

»Und auch wenn nicht, gewöhnt man sich schnell daran«, fügte Julia hinzu. »So schlimm ist es gar nicht. Anfangs war ich mir bei jedem Beben sicher, dass daraus das ganz große Ding werden würde, aber jetzt registriere ich sie gar nicht mehr.«

»Ist das wahr?« Jenny sah ihre Freundin ungläubig an.

Julia grinste. »Also gut, ich gebe es zu. Ich registriere sie immer noch, aber sie stören mich nicht mehr sehr. Ehrlich.«

Laura war noch nicht überzeugt. »Ich weiß nicht recht«, sagte sie mit zittriger Stimme. »Neulich, als wir telefoniert haben, gab es schon ein Beben und jetzt dieses. Vielleicht sind sie die Vorboten von etwas Schlimmerem.« Sie warf einen Blick auf ihre Uhr und wünschte sich plötzlich, sie könnten wieder ins Auto springen, zum Flughafen fahren und die nächste Maschine nach Virginia nehmen. »Dort gibt es vielleicht keine Filmstars«, dachte sie, »und auch keinen Glanz und Glitter. Aber zumindest wackelt einem dort nicht ständig der Boden unter den Füßen!«

Fünftes Kapitel

»Ist das toll hier!« Laura lehnte sich mit einem zufriedenen Seufzer in ihrem Korbstuhl zurück. »Aber ich bin so voll gestopft, dass ich bestimmt nie wieder etwas essen kann.«

»Soll das etwa heißen, dass du beschlossen hast, es noch ein paar Tage hier auszuhalten und auf das große Beben zu warten?«, stichelte Julia.

Laura streckte ihr die Zunge heraus. »Sehr lustig«, sagte sie. »Hast du noch nie gehört, dass man über die Phobien anderer Leute nicht spotten soll?« Sie musste allerdings zugeben, dass sie jetzt viel entspannter war, nachdem sie einen ganzen – und erdbebenfreien – Tag damit verbracht hatte, sich mit Jenny und Julia Kalifornien anzusehen.

Im Augenblick saßen die drei auf der Aussichtsplattform eines Bistros, genossen die warme Abendbrise und den Blick auf den Pazifischen Ozean und verdauten ein Menü aus frischem Obst und Gemüse und noch frischerem Fisch. Sie waren alle drei hungrig gewesen, nachdem sie sich den ganzen Tag in Hollywood herumgetrieben und sich außerdem noch die Luxusvillen in Beverly Hills angesehen hatten.

»Schade, dass wir heute keine Zeit mehr hatten, uns die Universal Filmstudios anzusehen«, sagte Jenny und nahm einen Schluck von ihrem Eistee. »Ich habe gehört, dass die Show, die sie zu dem Film *Der weiße Hai* anbieten, spitzenmäßig sein soll.«

Laura war froh, dass sich die Gereiztheit, die Jenny am Tag zuvor ausgestrahlt hatte, offenbar gelegt hatte. »Vielleicht hat sie es jetzt geschafft, nicht mehr an den Unfall zu denken«, dachte sie erleichtert. »Ich hoffe es. Sie hat etwas Ruhe und Frieden verdient.« Laura selbst war nur allzu gern bereit, Erdbeben und alle anderen schrecklichen Dinge aus ihrem Kopf zu verbannen und stattdessen die Zeit, die sie in Kalifornien verbringen durfte, zu genießen. Hier zu sitzen und auf den Ozean hinauszusehen, ließ die andere Welt, die, in der nervtötende Reitschüler versorgt, verschwitztes Zaumzeug geputzt und Boxen ausgemistet werden mussten, unendlich weit weg erscheinen.

Sie nickte als Antwort auf Jennys Bemerkung. »Vielleicht können wir das morgen machen. Außerdem möchte ich unbedingt diesen Rodeo Drive sehen. Normalerweise interessieren mich Geschäfte nicht besonders, aber ich habe diese Straße so oft im Fernsehen und im Kino gesehen, dass ich sie auch einmal mit eigenen Augen sehen möchte.«

Jenny nickte. »Ja, ich auch. Wenn wir morgen früh aufstehen, schaffen wir vielleicht den Rodeo Drive und die Universal Studios und können dann abends noch ein Stück die Küste hochfahren. Ich habe gehört, dass die Landschaft dort noch beeindruckender sein soll.«

»Das hört sich gut an«, sagte Laura. »Wie weit ist es eigentlich nach San Diego? Ich hätte nichts dagegen, mir dort den Zoo anzusehen, wenn ...« Plötzlich fiel Laura auf, dass Julia die Stirn runzelte. »Was ist los?«

»Das schaffen wir nie alles an einem Tag«, sagte Julia. »Vergesst bitte nicht, dass ich einen Job habe. Mein Boss hat mir heute freigegeben, weil es euer erster Tag ist, aber er erwartet, dass ich morgen früh wieder auf der Matte stehe. Wir drehen morgen ein paar komplizierte Szenen mit den Pferden und dafür braucht er mich.«

»Ach ja. Dein Job.« Jenny hatte Julias Sommerjob bei der Fernsehproduktion fast vergessen. Und jetzt wunderte sie sich, dass Julia sich nicht die ganze Woche freigenommen hatte, um mehr Zeit mit ihnen verbringen zu können. Schließlich war der Sommer ohnehin fast vorbei. Sie selbst hatte ihren Job im Waschsalon sofort aufgegeben, als sie erfuhr, dass sie nach Kalifornien fliegen durfte.

Aber wahrscheinlich konnte man Julia nicht einmal

einen Vorwurf machen. In ihrem Job gab es wesentlich Interessanteres zu sehen als Waschmaschinen und Weichspüler – zum Beispiel unglaublich gut aussehende Fernsehstars und Vollblutpferde.

Laura dachte fast dasselbe. Es war kein Wunder, dass Julia das letzte bisschen an Aufregung auskosten wollte, das ihr Job mit sich brachte. Wundervolle Pferde, gut aussehende Schauspieler – was wollte man mehr? Es war im Grunde derselbe Job, den auch Laura gemacht hatte, aber nur, wenn man die verheulten Kids durch attraktive, begabte zwanzigjährige Männer ersetzte. »Ich kann mir vorstellen, dass du von diesem Job keine Minute versäumen willst. Es wundert mich nur, wie du es erträgst, heute den ganzen Tag nicht da gewesen zu sein.«

Julia spürte, wie sich ihr Unterkiefer verkrampfte, als sie sich fragte, was Laura damit wohl gemeint haben konnte. Und was hatte Jennys merkwürdiger Gesichtsausdruck zu bedeuten gehabt, als sie *dein Job* gesagt hatte? Trotz der friedvollen Umgebung und der Erinnerung an einen Tag voller Spaß ärgerte Julia sich ein wenig über ihre Freundinnen. Sie war sehr stolz auf ihre Arbeit – ihre *harte* Arbeit – und hatte gehofft, dieses Gefühl mit den beiden teilen zu können. Doch mittlerweile war deutlich geworden, dass sie ihren Job nicht im Geringsten ernst nahmen.

»Wahrscheinlich denken sie, dass ich an irgendeinem Pool herumlungere, mit einem Handy in der Gegend herumtelefoniere und mit einem Haufen Stars Fruchtpunsch schlürfe«, dachte sie missmutig. Doch dann wurde ihr klar, dass das nicht fair war. Die beiden wussten genau, wie viel Arbeit es machte, Pferde zu versorgen. Sie waren einfach nur überwältigt von dem Gedanken an charmante Fernsehstars und überspannte Hollywoodmagnaten, genau wie sie selbst es bei ihrer Ankunft gewesen war. Wahrscheinlich war das der Grund dafür, dass sie ihre Arbeit ungefähr so ernst nahmen wie einen Ausflug nach Disneyland.

»Erklär es ihnen nicht, zeig es ihnen.« Fast konnte Julia Evelyns Stimme hören, die ihr diesen Rat gab. Er war die perfekte Lösung.

»Ich habe eine Idee«, sagte sie und zwang sich zu einem Lächeln. »Warum kommt ihr nicht morgen mit, wenn ich zur Arbeit fahre? Ich bin sicher, dass niemand etwas dagegen hat. Morgen werden ohnehin alle möglichen Leute am Set sein – Fotografen von irgendeiner Zeitschrift.«

»Ehrlich?« Laura strahlte. »Spitze! Jetzt bekommen wir nicht nur zu sehen, wie ein Film gedreht wird, sondern erleben auch noch ein echtes Hollywood-Fotoshooting!« Sie seufzte. »Hast du ein Glück, Julia. Dein Sommer war bestimmt traumhaft!«

Auch Jenny war begeistert. »Das hört sich klasse an«, sagte sie. »Und wenn Miss Fenton in der Schule von uns wieder einen Aufsatz über unsere Sommerferien verlangt, kann ich über etwas Interessanteres berichten als einen Haufen fremder Socken, die im Trockner herumwirbeln.« Sie beugte sich zu Julia und versetzte ihr einen spielerischen Schlag auf den Arm. »Aber im Ernst, Julia. Ich finde es toll, dass du uns mitnehmen willst.«

Die Begeisterung der beiden verbesserte Julias Stimmung ein wenig. »Siehst du?«, sagte sie sich. »Sie sind aufgeregt wegen dieser Hollywood-Geschichte. Wenn sie erst gesehen haben, dass ich wirklich nur im Stall arbeite, werden sie schon begreifen, dass mein Job ernst zu nehmen ist.«

Doch als sie ihre Freundinnen über den Tisch ansah, empfand sie es als seltsam, sie hier in ihrem Lieblingsbistro sitzen und ihre Lieblingsaussicht betrachten zu sehen. Sie gehörten nicht in diese Welt und ein Teil von ihr konnte sich mit dem Gedanken, dass sie in diese – ihre – Welt eingedrungen waren, nicht abfinden.

Ein anderer Teil von ihr allerdings war überglücklich, die beiden wieder zu sehen. Sie hatte sie in den letzten Monaten vermisst, doch wie sehr, hatte sie erst gemerkt, als die beiden tatsächlich vor ihr gestanden hatten. Seit sie sich kannten, waren sie noch nie so lange getrennt gewesen. Und trotz der Trennung und der gemischten

Gefühle über ihr Wiedersehen empfand sie doch etwas ganz Eigenartiges – das Gefühl, Teil eines größeren Ganzen und damit wieder vollständig zu sein.

»Nun, zumindest fast vollständig«, verbesserte sie sich. Der einzige Mensch, der ihr das Gefühl gab, eins mit ihr zu sein, war Alex. Ihre Freundinnen aus Willow Creek wieder zu sehen hatte bewirkt, dass ihre Sehnsucht nach Alex von einem dumpfen Schmerz zu etwas Bohrendem und fast Unerträglichem angewachsen war. Es gab Augenblicke, in denen sie glaubte, es keine Minute länger ohne ihn auszuhalten – ihn sehen, berühren und küssen zu müssen, um nicht wahnsinnig zu werden.

»So etwas sollte ich nicht denken«, sagte sie sich. »Der Sommer ist fast vorbei, und bald sind wir alle wieder zusammen.«

Dieser Gedanke machte sie einen Moment lang traurig. Hier fortzugehen, bedeutete nicht nur, zu all den Menschen, Pferden, Orten und anderen Dingen zurückzukehren, die sie zurzeit vermisste. Es bedeutete auch, eine ganze Menge neuer Leute, Pferde und Orte zurückzulassen, die sie dann vermissen würde.

Laura meldete sich zu Wort. »Sollten wir nicht aufbrechen? Es ist fast neun und du hast doch versprochen, dass wir noch einen Strandspaziergang machen, bevor es ganz dunkel wird.«

»Oh!« Julia sah auf ihre Uhr. Neun Uhr abends war

eine ganz besondere Zeit für sie. Sie hatte mit Alex abgemacht, dass sie beide um diese Zeit in den Nachthimmel aufschauen und aneinander denken würden.

Die drei Mädchen verließen das Restaurant und schlenderten an den Strand hinunter. Julia blieb ein paar Schritte zurück und schaute auf zum Mond, der deutlich am Himmel stand. Irgendwo, weit, weit weg schaute Alex gerade denselben Mond an und dachte an sie. In Willow Creek war es bereits Mitternacht; also war er wahrscheinlich in seinem Zimmer, erschöpft von einem langen Tag hinter dem Rasenmäher. Sie versuchte, sich ihn vorzustellen, wie er am Fenster saß und seine sanften, liebevollen Augen gen Himmel richtete. Diese Vorstellung ließ sie lächeln und ihre Sehnsucht nach ihm wurde so stark wie nie zuvor.

»Bald«, flüsterte sie so leise, dass Laura und Jenny es nicht hören konnten. »Wir werden bald wieder zusammen sein.«

Dann seufzte sie. Ja, sie würde bald wieder bei Alex sein und dann wäre zumindest dieser Schmerz in ihrem Herzen vorbei.

Doch er würde durch andere ersetzt werden: den Schmerz, von ihrem Vater getrennt zu sein; ihre kleine Schwester nicht länger beim Heranwachsen beobachten zu können, die kleine Schwester, die sie so sehr liebte; alte und neue Freunde verlassen zu müssen, Evelyn und

Skye und all die anderen Leute, die sie bei ihrer Arbeit kennen gelernt hatte. Sogar die Pferde am Drehort waren ihr ans Herz gewachsen.

»Warum musste mein Leben auch in zwei Teile zerrissen werden?«, fragte sie sich nicht zum ersten Mal. »Und warum müssen die beiden Teile so weit voneinander entfernt sein?«

Sie betrachtete ihre Freundinnen, die vor ihr über den Strand schlenderten. Laura warf nervöse Blicke auf die felsigen Klippen und fragte sich wahrscheinlich, was passieren würde, wenn ein Erdbeben kam. Jenny beobachtete einen Vogel, der auf dem Strand landete und verglich ihn vermutlich – zu seinem Nachteil – mit den Vögeln in Willow Creek.

Julia seufzte. »Und wie kann ich zwei vollkommen verschiedene Leben so lieben, wenn sie sich nicht einmal berühren – und es wahrscheinlich auch nie tun werden?«

Sechstes Kapitel

»... und das ist Skyes Pferd Topsy.« Julia war vor einer geräumigen Pferdebox stehen geblieben und streichelte den Kopf des neugierigen Braunen. Topsy streckte den Kopf weit aus der Box, um Julias Freundinnen in Augenschein zu nehmen. »Er erinnert mich ein wenig an Belle, Jenny. Er ist genauso verspielt und temperamentvoll, aber trotzdem lieb.«

»Das stimmt. Sein einziges Problem ist nur, dass er, wie alle anderen Pferde dieses Stalles, Julia mehr liebt als mich«, alberte Skye.

Jenny kicherte mit den anderen, doch ihre Augen verengten sich, als sie die Hand ausstreckte, um den Braunen ebenfalls zu streicheln. Sie hatte Skye nicht aus den Augen gelassen, seit er sie wenige Minuten zuvor am Set willkommen geheißen hatte. Anfangs war das eher eine Pflichtübung gewesen, denn schließlich hatte sie Alex versprochen, für ihn auf Julia aufzupassen, und sie stand zu ihrem Wort.

Doch dann hatte sie sich Skye näher angesehen. Sie

hatte ihn ein paar Jahre lang nicht gesehen und sie musste zugeben, dass er immer noch derselbe war – nett, lustig, unkompliziert und gut aussehend. *Sehr* gut aussehend. Als sie alle noch jünger waren, war sein Aussehen irgendwie unwichtig gewesen. Doch jetzt musste Jenny zugeben, dass sie allmählich verstand, warum Alex sich solche Sorgen machte. Es war zwar nicht so, dass er Julia nicht vertraute, doch sie war schon immer enger mit ihm befreundet gewesen als Jenny und Laura und anscheinend war diese Freundschaft im Verlauf dieses Sommers noch enger geworden.

»Und das ist das Schlüsselwort: Freundschaft«, sagte Jenny sich. »Wenn Julia bisher noch nichts mit Skye angefangen hat, gibt es auch keinen Grund, warum sie es in der letzten Woche noch tun sollte.«

Während sie langsam durch die Stallungen schlenderten und die Pferde bewunderten, verschwendete Laura keinen Gedanken an die Beziehung zwischen Julia und Skye. Sie war zu sehr damit beschäftigt, das zu genießen, wegen dem sie gekommen war: Glamour, Pferde und noch mehr Glamour. Auf dem Weg zu den Stallungen hatte sie sogar einen Blick auf den atemberaubenden Jeremiah Jamison werfen können, der eine weitere Hauptrolle spielte. Skye hatte außerdem erzählt, dass an diesem Tag noch andere berühmte Schauspieler kommen würden, die Gastrollen in der Serie spielten. Im Augenblick machten Skye und Julia mit Laura und Jenny eine große Führung, zeigten ihnen, was hinter den Kulissen ablief, und stellten sie allen möglichen Leuten vor, von Julias Boss Rick bis hin zum Regisseur der Serie. Es war unglaublich.

Aber auch die Stallungen waren beeindruckend. Laura war überzeugt, noch nie so viele großartige, perfekt gepflegte Pferde auf einmal gesehen zu haben. Das half ihr zu vergessen, dass der Boden unter ihren Füßen jederzeit wieder anfangen konnte zu beben.

»Also, Skye«, sagte sie, entschlossen, nicht mehr an Erdbeben zu denken, »jetzt musst du uns unbedingt mehr über die Serie erzählen. Julia hat uns so gut wie gar nichts verraten.«

»Das stimmt nicht«, protestierte Julia. »Ich habe euch gesagt, dass sie *Paradise Ranch* heißt und dass Skye Devon Drake spielt, den gut aussehenden Sohn der Ranchbesitzer. So ziemlich jede Frau, die auf die Ranch kommt, verliebt sich in ihn, aber er bleibt seiner einzigen wahren Liebe treu.« Sie machte eine Kunstpause und zwinkerte Skye zu. »Seinem Pferd.«

»Sehr lustig.« Skye gab ihr einen spielerischen Schubs und übernahm die weiteren Erklärungen. »Genau genommen spiele ich einen nachdenklichen jungen Mann, der noch nicht weiß, was er mit seinem Leben anfangen soll. Zumindest sagt das der Regisseur. Wahrscheinlich, damit ich davon ausgehe, dass mein schauspielerisches Talent später doch noch gefragt sein wird und ich mich nicht bei ihm beschwere, weil ich ständig all diese hübschen weiblichen Gaststars küssen muss.«

Laura verdrehte die Augen. »Du armer Kerl. Das grenzt ja an Folter.«

Skye grinste nur. »Das Konzept der Serie ist ziemlich simpel. Drake, seine Eltern und seine Schwester – sie wird von Summer Kirke gespielt, die ihr bestimmt aus dem Kino kennt – versuchen, ihre Ranch zu behalten, obwohl die verfeindete Torrence-Familie alles daran setzt, sie zu ruinieren und das Land aufzukaufen.«

»Es gibt aber auch noch einige andere Charaktere, die nicht nur Gastrollen spielen«, fuhr Julia fort. »Zum Beispiel den verrückten Einsiedler, der auf der Ranch lebt, und Devons besten Freund Rand Hayden ...«

»Er wird von Jeremiah Jamison gespielt, nicht wahr?«, fragte Laura eifrig. »Ich habe letzte Woche einen Artikel über ihn gelesen, in dem auch diese Serie erwähnt wurde.«

Skye nickte. »Ja, sein Agent tut etwas für sein Geld. Jeremiah spielt die Rolle von Rand, der genau wie Devon einer von den guten Jungs ist.«

»Und zu den fest angestellten Schauspielern kommt noch eine ganze Reihe von Gaststars, die die Feriengäste spielen, die auf der Ranch Urlaub machen.« Julia blieb vor der letzten Box stehen, in der eine zierliche Araberstute den Kopf über die Halbtür reckte. »Das ist Fancy«, sagte sie. »Sie ist Summers Pferd.«

»Richtig«, sagte eine tiefe Stimme hinter ihnen. »Und Summer wird sie heute in der Klapperschlangen-Szene reiten, aber ich nehme nicht an, dass Fancy sich dafür selbst putzt und sattelt.«

Laura drehte sich um und musste feststellen, dass Rick hinter ihr stand und die Hände in die Hüften gestemmt hatte.

»Aye, aye, Sir«, rief Julia und salutierte zackig. »Sie wird sofort zur Verfügung stehen.«

Rick nickte nur und verschwand.

»Ist das irre«, flüsterte Jenny, als Rick außer Hörweite war. »Eine Sekunde lang hatte ich das Gefühl, von Max erwischt worden zu sein!«

Julia kicherte. »Ich sollte lieber an die Arbeit gehen«, sagte sie. »In dieser Beziehung ist Rick wirklich wie Max: Wenn er einen Befehl gibt, erwartet er, dass er sofort ausgeführt wird.«

»Können wir dir helfen?«, fragte Laura.

»Aber klar«, sagte Julia. »Schließlich ist das hier ein Stall und ihr wisst, was das bedeutet.«

Jenny stöhnte. »Allerdings. Arbeit satt!«

Jenny putzte gerade einen ruhigen Schimmelwallach, als Julia mit gehetztem Gesichtsausdruck an der Stalltür auftauchte. »Jemand muss Fancy warm reiten, aber ich muss das Sattelzeug für die heutigen Aufnahmen vorbereiten. Kannst du mir helfen?«

»Natürlich«, sagte Jenny sofort und warf den Striegel wieder in die Kiste vor der Boxentür. Obwohl sie es nie erwartet hätte, hatte die Stallarbeit eine entspannendere Wirkung auf sie gehabt als alles andere, was sie bisher in Kalifornien gemacht hatte. Es war einfach wundervoll, im Stall zu arbeiten, ohne fürchten zu müssen, dass Callie und Scott kamen und sie erinnerten an – nein, daran wollte sie jetzt nicht denken. »Was soll ich tun?«, fragte sie Julia. »Sattelzeug putzen oder reiten?«

»Reiten.« Julia eilte bereits wieder auf Fancys Box zu. »Sie ist schon gesattelt. Du brauchst sie nur etwas zu lösen. Summer wird wahrscheinlich bald kommen, um ihre Szene zu proben. Sie ist etwas nervös deswegen und möchte noch ein paar Mal üben.«

»Die Klapperschlangen-Szene, stimmt's? Da wäre ich auch nervös.«

Julia lächelte. »Es wird gar keine echte Klapperschlange da sein«, erklärte sie. »Die kommt erst später als Spezialeffekt dazu. Aber Fancy und Summer müssen so tun, als wäre sie direkt vor ihnen.«

Jenny runzelte erstaunt die Stirn. »Wie sollen sie denn

das machen? Klar, Summer kann so tun als ob, aber wie kriegt man ein Pferd dazu?«

»Das ist wirklich erstaunlich«, sagte Julia und öffnete Fancys Boxentür. Wie versprochen, war die hübsche Fuchsstute bereits gesattelt und gezäumt. Julia holte sie heraus und führte sie in Richtung Ausgang. »Du denkst vielleicht, diese Pferde wären nur wegen ihres guten Aussehens ausgewählt worden, aber die meisten von ihnen sind ausgebildete Filmpferde. Fancy beherrscht alle möglichen Tricks, darunter das Steigen auf Kommando und das Kopfschlagen mit angelegten Ohren.«

»Irre!« Jenny betrachtete die edle Stute mit neuem Respekt. »Kann ich das mal ausprobieren?«

Julia zögerte, doch dann zuckte sie mit den Achseln. »Warum nicht? Rick hat vor ein paar Tagen mit ihr geprobt und es kann nicht schaden, es noch einmal zu versuchen.« Sie erklärte Jenny schnell, welche Hilfen sie geben musste, um das Kunststück abzurufen. »Aber sei vorsichtig.«

»Bin ich das nicht immer?«, erwiderte Jenny, nahm Julia die Zügel aus der Hand und klopfte der Stute den Hals.

»Nein«, sagte Julia grinsend. »Deshalb sage ich es dir. Aber nun muss ich gehen und die Sättel für die Nachmittagsaufnahmen fertig zu machen. Ich versuche, zurück zu sein, bevor Summer kommt, aber wenn sie vor mir auftaucht, bleib in der Nähe, falls sie Hilfe braucht, okay? Viel Glück!«

Jenny führte die Stute zu dem staubigen Reitplatz hinter dem letzten Stallgebäude. Sie saß auf und ritt die ersten Minuten nur im Schritt, um sich an Fancy zu gewöhnen. Julia hatte Recht; die Stute war wirklich gut ausgebildet. Sie führte alle Anweisungen aus, kaum dass Jenny sie ihr gegeben hatte. Als Jenny das Gefühl hatte, gut mit ihr zurechtzukommen, ließ sie sie antraben und schließlich angaloppieren. Fancy beherrschte die fliegenden Galoppwechsel und verlängerte und verkürzte ihre Galoppsprünge ganz nach Jennys Wunsch.

Als Jenny das Gefühl hatte, Fancy gut warm geritten zu haben, holte sie tief Luft. Jetzt wollte sie das Steigen auf Kommando ausprobieren.

»Jetzt kommt Jenny Lake, Hollywoods neueste Stunt-Reiterin«, murmelte sie. Fancys zierliche Ohren zuckten zurück, als sie die Stimme ihrer Reiterin hörte.

Jenny ließ Fancy in der Mitte des Platzes anhalten. Sie versuchte sich vorzustellen, wie sich eine Schauspielerin wie Summer Kirke wohl auf eine solche Szene vorbereitete. Vielleicht schloss sie einen Moment lang die Augen und stellte sich die schreckliche Schlange vor, die dort vor ihr auf dem Boden lag. Oder sie dachte an irgendein furchtbares Erlebnis aus ihrer Vergangenheit, um richtig entsetzt auszusehen.

»Ist ja auch egal«, sagte Jenny. Sie brauchte die Szene nicht zu spielen. Ihre Aufgabe war nur sicherzustellen, dass das Pferd seinen Teil beherrschte.

Sie setzte sich tiefer in den Sattel und gab das Kommando. Wie zuvor reagierte Fancy auch diesmal augenblicklich. Sie stieß ein schrilles Wiehern aus, stellte sich blitzschnell auf die Hinterbeine, schlug mit den Vorderbeinen durch die Luft und schwenkte den Kopf auf und ab.

»Jippieh«, jubelte Jenny begeistert. Normalerweise war es kein Spaß, auf einem steigenden Pferd zu sitzen, denn das bedeutete, dass man jede Kontrolle über das Tier verloren hatte. Doch Jenny hatte Fancy durchaus unter Kontrolle. Sie wusste, dass die Stute weder durchgehen noch bocken würde, und sie würde auch nicht so hoch steigen, dass sie sich überschlug. Nein, Fancy spielte ihre Rolle, so weit dies einem Tier eben möglich war. Und es machte Spaß!

Als Fancys Vorderhufe wieder aufsetzten, wiederholte Jenny das Kommando und freute sich ein zweites Mal an dem gelungenen Kunststück. Danach ließ sie die Stute im Schritt gehen und klopfte ihr begeistert den Hals.

»Das war toll, Fancy. Vielen Dank. Aber nun sollten wir Schluss machen, sonst bist du zu müde für deine richtige Reiterin.«

Sie wendete das Pferd und ritt aufs Tor zu. Außerhalb des Zauns stand eine junge Frau, die die Arme fest an ihren Körper gepresst hielt.

Jenny machte große Augen. Es war Summer Kirke! Sie war in natura noch viel schöner als auf der Leinwand.

»Hallo!«, rief Jenny und trieb Fancy an. »Ich bin Jenny Lake und ich …«

»Du brauchst dich nicht vorzustellen.« Als Jenny näher kam, konnte sie sehen, dass Summer blass und aufgeregt wirkte. »Ich weiß genau, wer du bist.«

»Wie bitte?« Jenny ließ Fancy vor dem Tor anhalten und glitt aus dem Sattel.

Summer warf den Kopf zurück und ihr lockiges blondes Haar fiel wie pures Gold über ihre schmalen Schultern. Nur am Rande nahm Jenny wahr, dass die Haare der Schauspielerin den gleichen Goldton hatten wie Fancys Mähne. »Ich hätte wissen müssen, dass sie mich ersetzen. Ich wusste von Anfang an, dass Rick glaubt, ich ritte nicht gut genug. Aber du scheinst mit Fancy ja gut zurechtzukommen.«

Jenny wusste nicht, was los war. Wovon redete Summer nur? Wie kam sie auf die Idee, man hätte sie ersetzen wollen, nur weil Jenny ihr Pferd ritt? »Ich verstehe nicht«, protestierte sie.

»Ich schon.« Plötzlich brach Summer zusammen und

Tränen strömten über ihre makellosen Wangen. Noch bevor Jenny etwas sagen konnte, hatte die Schauspielerin ihr Gesicht auch schon in den Händen vergraben und schluchzte zum Steinerweichen.

Jenny war in ihrem ganzen Leben noch nicht so verlegen gewesen. Sie sah sich verzweifelt nach Hilfe um. Zu ihrem Glück war sie bereits im Anmarsch, denn Julia und Laura kamen aus dem Stall auf sie zu.

»Was ist hier los?«, fragte Julia atemlos, denn sie war sofort losgerannt, als sie Summer weinen sah. »Summer, was ist mit dir?«

»Sie hat einfach angefangen zu weinen«, sagte Jenny mit einem hilflosen Achselzucken. »Ich weiß nicht; warum. Ich habe nichts getan.«

Summer hob ihr tränenüberströmtes Gesicht und sah Julia an. Laura wäre beinahe ein Laut der Bewunderung herausgerutscht. Selbst in ihrem derzeitigen Zustand war die junge Frau atemberaubend schön. Laura hatte sie zwar schon im Kino gesehen, doch in Wirklichkeit war sie noch viel schöner. Welchen Grund konnte es dafür geben, dass jemand, der so aussah, so furchtbar weinte?

Julia hatte einen Arm um Summers Schultern gelegt und versuchte, sie zu beruhigen. »Na, komm schon, Summer«, bat sie sanft. »Erzähl mir doch, was los ist.«

Summer holte tief und zittrig Luft und schaffte es,

ihre Tränenflut unter Kontrolle zu bekommen. »Man hat mich ersetzt«, stieß sie mit zitternder Stimme hervor. »Warum hast du es mir nicht gesagt, Julia? Du musst es doch gewusst haben. Ist es, weil ich nicht gut genug reite?«

»Sei nicht albern! Du bist eine großartige Reiterin«, sagte Julia, doch dann dämmerte es ihr. »Und sie würden dich niemals ersetzen. Schließlich bist du einer der Stars!«

Summer bedachte Jenny mit einem finsteren Blick. »Und was macht sie dann hier?«, fragte sie. »Ist sie eine Stuntfrau? Ich habe dem Regisseur gesagt, dass ich die Szene übe, bis ich sie perfekt beherrsche, aber ich schätze, er hat mir nicht geglaubt.«

Julia schüttelte den Kopf. »Nein, sie ist keine Stuntfrau«, versicherte sie Summer. »Sie reitet Fancy nur für dich warm, damit sie schön locker ist, wenn du in den Sattel steigst.«

Summer sah nicht überzeugt aus. Sie sah Jenny wieder an. »Aber sie hat meine Haarfarbe und auch etwa meine Größe …« Sie biss sich auf die Lippe. »Und dann sehe ich sie auf meinem Pferd – was sollte ich denn sonst denken?«

»Dieses Missverständnis tut mir sehr Leid«, sagte Julia. »Also, Summer, das ist meine Freundin Jenny. Sie ist heute hier zu Besuch und ich habe sie gebeten, mir bei Fancy zu helfen. Ich hätte euch früher miteinander bekannt machen sollen.«

»Oh.« Endlich sah Summer wieder zufrieden aus. Ein kleines, verlegenes Lächeln umspielte ihre wundervollen Lippen. »Sie ist eine Freundin von dir?«

»Das stimmt.«

Laura seufzte erleichtert, als Julia Summer ihre Anwesenheit erklärte. Julia hatte es geschafft, eine schwierige Situation zu entschärfen. Sie war beeindruckt. Anscheinend umfasste Julias Job mehr als nur Stallarbeit.

Einen Moment lang fragte sie sich, wie Summer wohl auf die Idee gekommen sein mochte, dass Jenny ihr Double war, auch wenn die beiden annähernd dieselbe Haarfarbe hatten. Das ergab doch keinen Sinn.

Doch dieser Gedanke verschwand aus ihrem Kopf, als Julia sie Summer vorstellte und Summer ihr die Hand reichte. »Ich gebe einem echten Filmstar die Hand«, jubelte Laura innerlich. »Wenn mich jetzt die frechen Ponyclub-Gören sehen könnten!«

Das war genau die Art von Erlebnis, auf die sie gehofft hatte. Es würde toll sein, daran zurückzudenken, wenn sie erst wieder in Pine Hollow war und Boxen ausmistete und Wasser schleppte.

Sie verdrängte diesen Gedanken schnell wieder. Sie wollte erst wieder an ihre Pflichten im Stall denken, wenn es unbedingt nötig war, und bis dahin würde sie jedes Quäntchen Glanz und Glitter aus dieser Reise herausholen.

Zumindest, bis das große Beben kommen würde.

Siebtes Kapitel

»Was haltet ihr von einer Pause? Gleich wird die Szene geprobt, die für heute Nachmittag geplant ist, und ich dachte, dass ihr gern dabei zusehen würdet.«

»Und ob!« Jenny sprang vom Boden der Sattelkammer auf, wo sie gesessen und Gebisse poliert hatte.

Auch Laura erhob sich. »Ist das die Klapperschlangen-Szene?«

Julia schüttelte den Kopf. »Nein, Summer ist die Einzige, die in dieser Szene mitspielt, und sie vermeidet öffentliche Proben, wann immer sie kann«, erklärte sie. »Bei der Szene, die jetzt geprobt wird, handelt es sich um eine von Skyes romantischen Begegnungen.« Sie zwinkerte verschmitzt. »Er hat zwar den ganzen Morgen darüber gejammert und gestöhnt, aber als ich vor ein paar Minuten in seinem Wohnwagen war, hat er sich die Zähne geputzt, als gäbe es kein Morgen!«

Jenny spürte, wie ihre Besorgnis wieder aufflackerte. Was hatte Julia in Skyes Wohnwagen zu suchen? Sie war hier als Pferdepflegerin angestellt und das bedeutete, dass sie mit Pferden zu arbeiten hatte und nicht mit Menschen. Und schon gar nicht mit unglaublich attraktiven männlichen Menschen.

»Spielen in dieser Szene auch Pferde mit?«, fragte Laura.

Julia grinste. »Ich bin froh, dass du danach fragst. Ich soll sie jetzt hinbringen. Wollt ihr dabei helfen?«

Kurze Zeit später führten Rick und die Mädchen vier gesattelte Pferde aus dem Stall, unter ihnen auch Skyes Pferd Topsy. Julia ging voran und steuerte den Lagerplatz an, zu dem der romantische Devon Drake mit jeder seiner Verehrerinnen ritt. Der Platz bestand aus kreisförmig um eine Feuerstelle angeordneten Steinen und einigen scheinbar wahllos herumliegenden Felsbrocken und Baumstämmen, die als Sitzgelegenheiten dienten. Wildblumen wuchsen im hohen Gras und den Hintergrund bildete eine dicht bewaldete, felsige Bergflanke. Es wäre tatsächlich ein romantischer Ort, dachte Jenny, wenn die im Halbkreis angeordneten riesigen Kameras und Scheinwerfer nicht gewesen wären. Ganz zu schweigen von den unzähligen Leuten, die wild durcheinander rannten, einander Anweisungen zubrüllten und einfach Unruhe verbreiteten. Rick machte sich sofort auf die Suche nach Jeremiah Jamison, dessen Pferd er am Zügel führte.

Jenny warf einen Blick auf Topsy, der ihr vollkommen

gelassen durch das Chaos folgte. »Ich schätze, du bist daran gewöhnt, stimmt's?« Irgendwie wurde sie das Gefühl nicht los, dass der heiße, laute und staubige Drehort ein unnatürlicher Lebensraum für Pferde war – im Gegensatz zu den stillen Wiesen und schattigen Paddocks von Pine Hollow.

Skye hatte sie entdeckt und kam angeschlendert. Er war geschminkt und trug etwas, das nur sein Kostüm sein konnte – lederne Chaps und ein Westernhemd, das so weit aufgeknöpft war, dass man seine muskulöse Brust sehen konnte.

Jenny versuchte, ein Grinsen zu unterdrücken. »Gut siehst du aus, Skye«, sagte sie. »Vielleicht kannst du mir nach der Arbeit ein paar Schminktipps geben. Ich suche schon lange nach einem neuen Lidschatten ...«

Laura, die gerade mit einem riesigen, aber ziemlich ängstlichen schwarzen Wallach im Schlepptau vorbeikam, verdrehte die Augen. »Hör nicht auf sie, Skye. Sie hat eben keine Ahnung vom Showgeschäft.« Eine Frage hatte sie aber doch. »Sollte das hier nicht eine Probe sein? Das ist doch so etwas wie eine Übung, nicht wahr? Dabei wird doch nicht gefilmt, oder doch?«

»Nein«, antwortete Skye, ohne eine Miene zu verziehen. »Du hast mich ertappt. Ich liebe es, geschminkt zu sein. Ich überlege ernsthaft, meinen Beruf aufzugeben und Kosmetikmodel zu werden.«

»Nun hör aber auf, Skye.« Julia lachte. Sie war gerade rechtzeitig gekommen, um seinen Scherz zu hören, und ließ den Fuchswallach, den sie am Zügel hatte, anhalten, um ihren Freundinnen alles zu erklären. »Seht ihr die Frau da drüben – die in dem hellblauen Kostüm? Sie ist eine Reporterin von der neuen Zeitschrift *TV Stars*, und der dünne Kerl neben ihr ist ihr Fotograf.«

»Ach! Jetzt verstehe ich. Sie wollen einen Bericht über die Serie bringen. Deshalb sind alle geschminkt.« Laura reckte ihren Hals, um besser sehen zu können. Das alles war so aufregend, dass sie es kaum ertragen konnte. Sie hatte sich selbst nie als einen Hollywood-Fan gesehen – dazu war sie immer viel zu sehr mit den Pferden beschäftigt gewesen –, aber jetzt, wo sie hier war, musste sie zugeben, dass es genauso aufregend war, wie sie gehofft hatte. »Das ist genau die Abwechslung vom täglichen Trott, die ich gebraucht habe«, dachte sie und lächelte dabei. Sie liebte Pine Hollow, doch der Reitstall war längst nicht so aufregend, vor allem dann nicht, wenn sie eine Ladung Pferdemist zum Misthaufen schaffte oder einem widerspenstigen Pferd ein Medikament in den schleimigen Hals schieben musste.

»Ich bin gleich zurück. Ich will nur eben Drakes heutiger Verehrerin ihr Pferd bringen.« Julia deutete auf Skyes hübschen jungen Gaststar, eine hochnäsig wirkende, dunkelhaarige Schauspielerin, die Laura aus einer anderen Fernsehserie kannte. »Ihr wartet hier. Matthew wird sich sein Pferd holen, wenn er so weit ist.« Mit einem Kopfrucken deutete sie auf den großen schwarzen Wallach.

Doch Laura sah in die andere Richtung. »He, wer ist denn *das*?«

Julia sah sich um. »Ach, das ist er. Matthew Reeves. Ich habe gar nicht mehr daran gedacht, dass ihr ihn noch nicht kennen gelernt habt. Er spielt Nick Torrence, den Sohn der Familie, die es darauf anlegt, die Drakes zu ruinieren.«

Als Julia mit dem Fuchswallach davonging, schaffte es Laura, ihren Blick von dem unglaublich gut aussehenden jungen Schauspieler loszureißen. Sie wollte auf keinen Fall etwas Interessantes verpassen, nur weil sie ständig attraktive junge Männer anstarrte, so verlockend es auch sein mochte. »Es ist wirklich erstaunlich«, sagte sie zu Jenny und Skye. »Ich hätte nie gedacht, dass man so viele Leute braucht, um eine Fernsehserie zu drehen. Ich habe dir zwar schon ein paar Mal bei Dreharbeiten zugesehen, Skye, aber das ist schon eine ganze Weile her. Und außerdem war das nicht hier in Hollywood.«

»Ganz schön spannend, nicht wahr?« Skye lächelte. »Aber wenn du etwas richtig Spannendes sehen willst, lass den Regisseur nicht aus den Augen.« Er zeigte auf einen kleinen Mann mit einer Stirnglatze und einem gepflegten Bart. »Wir sind alle überzeugt davon, dass er sich vor Pferden fürchtet; aber er würde es nie zugeben.«

Jenny kicherte. »Soll das ein Witz sein? Der Typ dreht eine Serie, die auf einer Ranch spielt, und er hat Angst vor Pferden?«

»Ich finde das eher schade. Vor allem, wenn er sich von niemandem helfen lässt.« Laura fand diese Ironie des Schicksals längst nicht so komisch wie Jenny. Sie selbst konnte sich nicht vorstellen, vor Pferden Angst zu haben, doch sie verstand durchaus, dass es Leute gab, die angesichts dieser großen und kraftvollen Tiere nervös wurden. Im Laufe der Jahre hatte sie mehreren dieser Leute geholfen, ihre Angst zu überwinden, und deshalb wusste sie, dass es machbar war – aber nur, wenn der Betreffende es wirklich wollte.

Laura sah mit den anderen zu, wie der weibliche Gaststar mit dem Regisseur plauderte – und wie dieser den braven Fuchswallach an ihrer Seite nicht aus den Augen ließ. Skye hatte Recht, entschied Laura. Der Regisseur schien sich wirklich unbehaglich zu fühlen, harrte aber tapfer neben der Schauspielerin und ihrem Pferd aus. Laura fragte sich, ob seine Angst wohl auf eine schlechte Erfahrung zurückzuführen war oder ob sie darin begründet lag, dass er sich einfach nicht mit Pferden auskannte. Davon würde es abhängen, ob er seine Furcht von allein überwand, oder ob er …

»Hallo«, sagte eine fremde Stimme. »Du musst neu hier sein.«

Laura drehte sich um – und sah direkt in die meergrünen Augen von Matthew Reeves. Eine Sekunde lang war sie zu keiner Reaktion fähig. Doch dann, als ihr bewusst wurde, dass sie aussehen musste wie eine komplette Idiotin – oder, noch schlimmer, wie eine Landpomeranze aus Virginia, die noch nie einen gut aussehenden Mann gesehen hatte –, klappte sie ihren Mund zu und zwang sich zu einem beiläufigen Lächeln. »Selber hallo«, sagte sie. »Ich bin tatsächlich neu hier. Genauer gesagt bin ich nur zu Besuch hier. Das heißt ...«

Skye kam zu ihrer Rettung. »Das ist Laura. Sie ist eine Freundin von Julia.«

»Oh!« Matthew lächelte jetzt noch strahlender. »Jede Freundin von Julia ist auch meine Freundin. Ist Conejo fertig für die Nahaufnahmen?« Er deutete auf das Pferd, das Laura am Zügel hielt.

»Conejo?« Im Stillen hatte Laura dem großen schwarzen Wallach den Namen Hasenherz gegeben, weil er so schreckhaft und nervös war – zum Glück schienen ihn die unzähligen Menschen, die überall herumrannten, nicht noch mehr aufzuregen. »Ach, du meinst diesen Burschen hier. Ich wusste nicht, wie er in Wirklichkeit heißt.« Sie klopfte dem Wallach den Hals. Daraufhin klappten seine Ohren eine Sekunde lang in ihre Richtung, richteten sich dann aber sofort wieder auf einen Scheinwerfer, den ein Arbeiter in seine Richtung rollte.

»Ja. Das ist Spanisch und bedeutet Kaninchen«, erklärte Matthew und nahm Laura die Zügel aus der Hand. »Er hat diesen Namen bekommen, weil er so nervös ist wie ein verhuschtes kleines Kaninchen.«

»Dein Glück, dass er auf der Leinwand nicht so aussieht«, bemerkte Skye lachend. »Es würde komisch aussehen, wenn der fiese und durchtriebene Nick Torrence auf einem vor Angst schlotternden Pferd durch die Gegend reiten würde, meinst du nicht, Matt?«

»Du sagst es, Kumpel.« Matthew strich dem Pferd liebevoll über den Hals. »Vor der Kamera wirkt all diese nervöse Energie wie feuriges Temperament.« Plötzlich verzerrte sich sein Gesicht zu einer finsteren Maske. Die Veränderung war so beeindruckend und unerwartet, dass Laura unwillkürlich nach Luft schnappte. »Und so will Nick Torrence sein Pferd haben. Feurig.« Er ging davon und sein Pferd tänzelte nervös neben ihm her.

Laura sah Skye mit großen Augen an. »Was war denn das?«, hauchte sie.

Skye nickte. »Dr. Jekyll und Mr Hyde sind nichts dagegen. Oder waren es Mr Jekyll und Dr. Hyde? Das kann ich mir nie merken.« Er grinste. »Matt nimmt seine Rolle als Bösewicht ziemlich ernst.« Er sah über die Köpfe der Mädchen hinweg zum Regisseur, der seine

Unterhaltung mit dem Gaststar beendet hatte und nun anfing, Anweisungen zu brüllen. »Ich denke, ich sollte mich allmählich an meinen Platz begeben. Genießt das Spektakel, okay?« Er führte Topsy davon.

»Wohin sollen wir gehen?« Laura sah sich unsicher um, denn sie hatte das Gefühl, jedem im Weg zu stehen. Abgesehen von Jenny und ihr schien hier jeder irgendeine wichtige Aufgabe zu haben.

Bevor Jenny einen Vorschlag machen konnte, kam Julia angerannt. »Es geht gleich los. Kommt mit, wir können von da vorn aus zusehen.« Sie führte ihre Freundinnen auf einen nahe gelegenen grasbewachsenen Hügel, von dem aus sie einen guten Blick auf die Probe hatten.

»Fährst du immer noch auf Nick Torrence ab, Laura?«, flüsterte Jenny ironisch, als die Schauspieler ihre Szene das erste Mal durchgespielt hatten.

Laura schauderte. »Ganz bestimmt nicht«, verkündete sie und dachte dabei an die Szene, die sie gerade beobachtet hatten.

Angefangen hatte es damit, dass sich Devon Drake und seine neueste Verehrerin am Lagerfeuer näher kamen. Doch dieser romantische Augenblick wurde von Nick Torrence gestört, der die Felsen oberhalb des Feuers ins Rollen brachte. Laura war bei dem Anblick der bergab stürzenden Felsbrocken zusammengezuckt, denn sie hatte dabei wieder an ihren Traum vom Erdbeben zurückdenken müssen. Die Handlung der Szene war jedoch so spannend, dass sie ihre Besorgnis rasch wieder vergaß. Der edle Devon hatte schnell reagiert, seine Geliebte mit dem eigenen Körper geschützt und sie dann in Sicherheit gestoßen, während der Hagel aus Steinen auf ihn niederging. Während Nick Torrence im Wald hämisch lachte, kam Devons treuer Freund Rand Hayden zufällig vorbei, sprang heldenhaft zwischen die herunterprasselnden Felsen und rettete dem bewusstlosen Devon das Leben.

Zumindest würde die fertige Szene so aussehen. In Wirklichkeit lief sie viel langsamer ab und war entschieden komplizierter. Der Steinschlag wurde von den Technikern für die Spezialeffekte ausgelöst – Julia versicherte ihren Freundinnen leise, dass alle Felsen entweder aus Pappmaschee oder Schaumstoff bestanden. Es gab aber noch andere Unterbrechungen in der Handlung. So mussten zum Beispiel die Maskenbildner die Gesichter der Schauspieler mit Schmutz und Verletzungen verzieren. Doch trotz all der Verzögerungen hatten die faszinierten Besucher aus Virginia das Gefühl, als wäre alles rasend schnell abgelaufen.

»Wer braucht schon Nick Torrence, wenn der traumhafte Rand Hayden zu haben ist?«, fuhr Laura grinsend fort. Ihr war klar, dass sie sich anhörte wie ein verliebter Teenie, aber das war ihr egal. Sie war in Hollywood – da konnte man ruhig ein wenig verrückt spielen. »Er ist so edel und klug.«

»Das stimmt«, sagte Jenny, die das Spiel nur allzu gern mitspielte. »Ganz anders als Nick, dieser fiese Schurke. Wer will schon so einen Fiesling?«

Julia sah ihre Freundinnen verunsichert an. »Ihr macht doch Witze, oder? Ihr wisst doch, dass die da unten nur schauspielern. Sie haben nicht die geringste Ähnlichkeit mit den Rollen, die sie spielen.«

»Klar«, sagte Jenny und machte ein nachdenkliches Gesicht. »Aber so ganz kann das nicht stimmen. Ich denke, dass nur ein wirklicher Fiesling die Rolle des Fieslings so überzeugend spielen kann.«

»Und nur jemand, der auch im richtigen Leben so gefühlvoll und sensibel ist, kann so überzeugend sein wie Rand«, fuhr Laura fort, die sofort begriffen hatte, worauf Jenny hinauswollte. Es war auch durchaus vernünftig, wenn man darüber nachdachte. Wahrscheinlich wurden schon bei der Besetzung der Rollen die Schauspieler ausgewählt, die den Charakteren, die sie spielen sollten, am ähnlichsten waren. Das machte es für alle Beteiligten einfacher, vor allem natürlich für die Schauspieler selbst.

»He, du hast versprochen, uns allen vorzustellen, aber Jeremiah haben wir noch nicht kennen gelernt«, warf Jenny Julia vor. »Ich will in der Schule jedem erzählen können, dass er ein enger persönlicher Freund von mir ist. Also, wie sieht es aus?«

Laura nickte eifrig. Sie hatte zwar nicht vor, zu Hause mit ihren Hollywood-Erlebnissen anzugeben, aber sie wollte möglichst vieles haben, an das sie in langweiligen Mathestunden oder beim Sattelputzen zurückdenken konnte. »Komm, Julia. Es scheint, als machten die da unten gerade eine Pause.« Sie zeigte auf Jeremiah, der Rick die Zügel seines Pferdes in die Hand gedrückt hatte und nun auf die Reporterin und den Fotografen von *TV Stars* zuging.

»Ich weiß nicht, ob wir ihn jetzt stören sollten«, sagte Julia zögernd. »Vielleicht später.«

»Was heißt hier später?«, wollte Jenny wissen. »Wir werden schon nicht in sein Interview platzen, falls es das ist, was dich beunruhigt. Wir halten uns nur in seiner Nähe auf und schnappen ihn uns, wenn er fertig ist. Das dauert doch nur eine Sekunde.«

»Also, ich weiß nicht.« Julia beobachtete Jeremiah, der die Reporterin schüchtern und bescheiden anlächelte. »Im Moment hat er wahrscheinlich zu viel anderes im Kopf und wir wollen ihn doch nicht ablenken.«

Jenny sah sie prüfend an. Wo war das Problem?

Schließlich war Julia ganz wild darauf gewesen, sie allen anderen Leuten am Set vorzustellen. Warum also nicht Jeremiah?

»Vielleicht will sie ihn für sich allein haben«, wisperte eine hinterhältige Stimme in ihrem Kopf. »Vielleicht ist es gar nicht Skye, um den du dir Sorgen machen solltest«.

»Alex, halt den Mund!«, murmelte Jenny.

»Was?« Laura sah sie fragend an. »Hast du etwas gesagt?«

»Ich habe nur gesagt, dass es nicht schaden kann, dort hinunterzugehen«, sagte Jenny schnell und schwenkte ihre Hand in Jeremiahs Richtung. »Wenn er nicht mit uns reden will, soll er es eben lassen.« Sie begann den Hügel hinabzusteigen, ohne auf Julias Erwiderung zu warten.

»Ich bin verliebt«, erklärte Laura melodramatisch und ließ beinahe Conejos Zügel fallen, als sie beide Hände über ihrem Herz kreuzte. »Holt einen Priester und mietet einen Saal. Das ist es.«

Jenny verdrehte die Augen, lächelte aber dabei. »Ich weiß nicht recht«, stichelte sie. »Ich könnte schwören, dass er *mir* zugeblinzelt hat. Ich weiß nur noch nicht, wie ich es Phil sagen soll – aber Jeremiah und ich können ja unseren erstgeborenen Sohn nach ihm nennen.«

»Sehr witzig«, bemerkte Julia trocken, als sie die Pferde zum Stall zurückführten. »Pass bloß auf, Jenny, sonst erzähle ich Phil, dass du fast ausgeflippt bist, nur weil dich ein gut aussehender Kerl angelächelt hat.«

Laura kicherte. »Gute Idee. Und dann sperrt Phil Jenny in einen Turm und Jeremiah gehört mir allein!« Ihr war vor Aufregung fast übel. Jeremiah Jamison war genauso nett gewesen wie die Person, die er spielte. Er hatte sogar sein Interview unterbrochen, um Julias Freundinnen zu begrüßen – mit einem Handkuss!

»Wenn du meinst.« Julia schnaubte verächtlich. »Aber nun beeilt euch. Wir müssen die Pferde versorgen, damit sie bis zu den Aufnahmen heute Nachmittag noch etwas Ruhe bekommen. Wir sehen uns in der Sattelkammer, okay?« Sie führte ihr Pferd in das erste Stallgebäude.

»Sie ist schon übersättigt«, flüsterte Laura Jenny im Scherz zu. »Komm, lass uns die Pferde versorgen.«

Jenny nickte zustimmend. »Ich glaube, sie stehen beide im hintersten Schuppen. Das ist gut, da können wir sie draußen anbinden und über Du-weißt-schon-Wen reden, während wir … Oh, hallo Summer.« Die wunderschöne junge Schauspielerin war direkt vor ihnen um eine Stallecke gebogen.

»Hallo.« Summer lächelte schüchtern und trat ein paar Schritte zur Seite, um sie mit den Pferden passieren zu lassen.

Laura erwiderte das Lächeln und kehrte dann zum Thema zurück. »Als deine Freundin, Jenny, muss ich dir leider sagen, dass du verrückt bist, wenn du wirklich glaubst, dass Jeremiah an dir auch nur das geringste Interesse hat. Sofort, als wir einander in die Augen gesehen hatten, wusste ich …«

»Sprecht ihr über Jeremiah Jamison?«, unterbrach Summer sie.

Laura sah sie überrascht an. Sie hatte vergessen, dass die junge Frau noch in Hörweite war. »Äh … also – ja«, murmelte sie verlegen. Auch, wenn sie sich seit ihrer Begegnung mit Jeremiah vorkam wie ein Kind, das seinen Lieblingsstar anhimmelt, wollte sie doch nicht, dass andere Leute es merkten. »Ach, wir haben nur ein bisschen herumgealbert.«

»Oh, gut.« Summers Wangen hatten eine zarte rosa Tönung angenommen und sie wirkte aufgeregt. »Ich möchte mich nicht einmischen oder so. Aber ihr solltet wissen, dass Jeremiah – ach, ich bin einfach froh. Das ist alles.« Sie senkte den Kopf und eilte davon.

Als sie fort war, stieß Jenny einen leisen Pfiff aus. »Was sollte denn das bedeuten?«

Laura zuckte die Achseln und sah Summer nach.

»Wer weiß? Julia hat doch gesagt, dass Summer sehr gefühlsbetont ist.«

Jenny nickte und musste wieder an das Theater denken, das die empfindliche Schauspielerin am Morgen aufgeführt hatte. »Das habe ich bereits gemerkt.«

Die Mädchen setzten ihre Pferde wieder in Bewegung. Lauras Gedanken drehten sich wieder um Jeremiah und sie lächelte verträumt. »Vielleicht hat sie diesmal wirklich ihre Gründe«, sagte sie. »Vielleicht ist sie eifersüchtig, weil sie glaubt, dass Jeremiah besser ankommt als sie. Ich habe einiges über die Egos dieser Hollywood-Stars gelesen.«

»Kann sein«, sagte Jenny. Sie zog an Topsys Zügeln, weil der Wallach versucht hatte, stehen zu bleiben und am Boden zu schnuppern. »Vielleicht ist sie auch selbst hinter Jeremiah her. Wundern würde mich das nicht.«

»Die beiden wären ein tolles Paar, findest du nicht?« Laura dachte kurz nach. »Wenn ich mich recht erinnere, waren sie sogar schon einmal zusammen. Ich glaube, ich habe vor einigen Monaten etwas über Summer Kirke und ihren neuen Freund im Fernsehen gesehen. Damals wusste ich noch nicht, wer Jeremiah Jamison ist, aber er muss es gewesen sein. Niemand anders könnte so gut aussehen.«

»Gut möglich«, sagte Jenny. »Aber im Augenblick scheinen sie nichts miteinander zu haben – wenn sie es überhaupt jemals hatten.« Sie grinste hämisch. »Und das bedeutet, dass er mir allein gehört.«

Laura lachte und bereitete sich auf ihre Erwiderung vor. »Ist das toll«, dachte sie glücklich. »Wir sind nicht nur hier bei Julia, sondern erleben auch noch Hollywood live – mit allem, was dazugehört, einschließlich der großen Liebe!«

Achtes Kapitel

»Puh!«, stöhnte Laura, fuhr sich über die Stirn und stützte sich auf die Forke, mit der sie Topsys Box ausmistete. »Also gut, ich gebe es zu«, sagte sie zu Jenny, die gerade eine große Schubkarre zur Stalltür hineinschob. »Vielleicht ist Julias Job doch nicht aufregender als meiner.« Genau in diesem Moment ging Jeremiah an der Stalltür vorbei, gefolgt von der Reporterin von *TV Stars*. »Zumindest nicht viel aufregender«, fügte sie grinsend hinzu.

Jenny fächelte sich mit einer dramatischen Handbewegung Luft zu. »Ist es so heiß hier drinnen oder liegt das an ihm?«, alberte sie halblaut.

Laura ging nicht darauf ein. Sie hatte gerade etwas gespürt, eine leichte Erschütterung unter ihren Füßen. Ein weiteres Beben? »H-Hast du ...«, begann sie. Doch sie sprach nicht weiter, denn sie kam sich wie eine Idiotin vor, als ein Pferd mit Reiter draußen am Schuppen vorbeitrabte. Einen Augenblick, nachdem das Pferd – ein riesenhafter brauner Warmblüter – aus ihrem Blickfeld verschwunden war, hörten auch die Erschütterungen auf. Laura seufzte. »Jetzt ist es amtlich. Ich bin total übergeschnappt.«

»Das steht dir aber gut.« Jenny schnappte sich eine Schaufel und begann, schmutziges Stroh in die bereitstehende Karre zu schaufeln.

»Danke.« Die Mädchen arbeiteten schweigend, bis Laura sagte: »Das hier macht Spaß, findest du nicht?«

Jenny unterbrach ihr Schaufeln gerade lange genug, um Laura einen ungläubigen Blick zuzuwerfen. »Das?«

Laura kicherte. »Du weißt schon, was ich meine. Diese Reise. Wieder mit Julia zusammen zu sein. Das berühmte Südkalifornien kennen zu lernen.«

»Ja, es ist nicht schlecht«, gab Jenny zu. »Aber nur für einen Besuch. Ich würde nie, nicht einmal in einer Million Jahren, hier leben wollen.«

»Auch nicht, wenn Jeremiah dich darum bittet?«, stichelte Laura. Doch als sie Jennys ernsten Gesichtsausdruck bemerkte, stützte sie sich zum zweiten Mal auf ihre Forke und sah die Freundin prüfend an. »Was ist los?«

Jenny nagte einen Moment lang an ihrer Unterlippe. Dann zuckte sie mit den Achseln. »Hast du dir noch keine Gedanken gemacht?«, fragte sie. »Hast du nicht gemerkt, wie verrückt Julia nach Lily ist, wie gut ihr die Arbeit bei der Fernsehproduktion gefällt, wie oft sie über das tolle Wetter spricht und den Strand und die interessanten Leute? Und ihr Vater ist hier und sie versteht sich glänzend mit Evelyn ...«

»Stopp!« Laura richtete sich auf. »Damit willst du nicht sagen, was ich denke, dass du es sagen willst, oder? Denn wenn ja, dann bist du verrückt. Julia würde nie für immer in Kalifornien bleiben wollen.«

»Bist du dir da so sicher? Sie scheint sich hier sehr wohl zu fühlen.«

Laura schüttelte bereits den Kopf. Ihre Gedanken sprangen zurück zu ihrem Telefongespräch mit Julia, doch daran wollte sie jetzt nicht denken. Jennys Befürchtungen waren einfach lächerlich. Sie konnte sie unmöglich ernst meinen. »Julia ist in Willow Creek zu Hause«, sagte sie. »Da ist ihre Mutter. All ihre Freunde. Alex. Dakota Lady. Max und Deborah und die Kinder. Und *wir*.«

Jenny schien nicht überzeugt. »Schön. Du hast wahrscheinlich Recht. Ich hoffe es zumindest. Ich hoffe auch, dass wir Julia hier herausbekommen, bevor all dieses Hollywood-Theater, von dem du dauernd sprichst, sie mit Haut und Haaren verschluckt und sie uns, Alex und alles andere aus ihrem bisherigen Leben einfach vergisst.«

Laura schüttelte den Kopf. Das war selbst für Jenny ein wenig zu melodramatisch. Sie beschloss jedoch, es durchgehen zu lassen. Schließlich hatte Jenny eine harte Zeit hinter sich. Wenn sie jetzt melodramatisch werden musste, dann sollte ihr das recht sein, sofern sie dadurch nicht mehr an den Unfall dachte.

Um die Stimmung zu heben, beugte Laura sich nach vorn und klopfte dreimal an die hölzerne Stallwand. »Ich hoffe auch, dass wir sie hier herausbekommen. Genau genommen hoffe ich, dass wir alle hier herauskommen, bevor das große Beben einsetzt.« Sie grinste, damit Jenny sah, dass ihre Bemerkung ein Witz gewesen sein sollte – auch wenn es ihr tief in ihrem Innern durchaus Ernst damit war. Sie lehnte die Forke gegen die Stallwand und betrachtete den Boxenboden. »Sieht aus, als hätten wir es fast geschafft. Wenn du die Karre zum Misthaufen bringst, mache ich hier den Rest. Und dann muss ich Conejo für seinen großen Auftritt putzen.«

»Okay.« Jenny schob die Karre aus dem Stall und Laura holte Topsy, der auf der Stallgasse angebunden war.

Jenny lächelte immer noch über Lauras Erdbebenpanik, als sie auf den Misthaufen zuging, der hinter dem letzten Stallgebäude versteckt zwischen ein paar Bäumen lag. In Pine Hollow war Laura immer so selbstsicher, dass man beinahe vergaß, dass sie dieselben Ängste, Marotten, Sorgen und Angewohnheiten hatte wie jeder andere auch.

»Wie ich zum Beispiel«, dachte Jenny und ihr Lächeln verschwand, als sie den abgelegenen Misthaufen erreichte. Sie seufzte. »Meine Probleme sind zwar meilenweit weg, aber manchmal fühlt es sich nicht so an.«

Sie hatte sich in den letzten Tagen bemüht, den Unfall nicht zu erwähnen, es sei denn, eine von ihren Freundinnen fing davon an. Ob sie wussten, dass sie immer noch fast ununterbrochen daran dachte? Zugegeben, die neuen Eindrücke und die Sorge, dass Julia beschließen könnte, in Kalifornien zu bleiben, hatten sie ein wenig abgelenkt. Aber das bedeutete nicht, dass sie auch vergessen hatte, warum sie hier war. Diese Reise sollte ihr helfen zu vergessen, was zu Hause passiert war, doch das war wahrscheinlich ein Teil des Problems. Tief in ihrem Herzen hatte Jenny das unangenehme Gefühl, dass sie versuchte, vor ihren Problemen davonzulaufen. Und sie hatte noch nie zu denjenigen gehört, die vor irgendetwas davonliefen.

Sie musste jedoch zugeben, dass es ihr gut tat, etwas Abstand von allem zu haben – von Scotts vorwurfsvollen Blicken, den penetranten Fragen der Reporter und sogar dem Verständnis ihrer eigenen Familie. Hier konnte sie sich entspannen und zumindest *so tun*, als wäre alles wie früher, auch wenn es das in Wirklichkeit nicht war. Aber wenn sie lange genug so tat als ob, würde sie es vielleicht irgendwann selbst glauben.

»Bei all diesen Gedanken über ›so tun als ob‹ glaube ich fast, ich sollte diejenige sein, die für immer hier bleibt, und nicht Julia«, verspottete Jenny sich selbst. Einen kurzen Moment lang hatte dieser Gedanke sogar einen gewissen Reiz. Doch dann rief Jenny sich selbst zur Ordnung. Was dachte sie da eigentlich? Was sie zu Laura gesagt hatte, war ihr Ernst gewesen. Dieser Ort war schön, um hier einen kurzen Urlaub zu verbringen, aber ein Zuhause konnte er ihr nicht bieten. Ihr nicht und Julia auch nicht.

»Ich hoffe nur, dass Julia genauso denkt«, dachte sie und schob die Karre wieder in Richtung Stall. »Vielleicht ist es an der Zeit, es herauszufinden. Vielleicht sollten Laura und ich sie nachher darauf ansprechen, wenn wir mit ihr allein sind. Nur für alle Fälle.«

»Es ist doch gar nichts los, mein Junge«, sagte Laura zu dem nervösen Pferd. »Es wird dir gefallen, das verspreche ich.«

Sie hielt den Hufkratzer hoch. Conejo verdrehte die Augen, trat einen Schritt zurück und streckte dann den Hals, um vorsichtig an dem Hufkratzer zu schnuppern. Geräuschvoll stieß er den Atem aus.

»Nun komm. Sei nicht so schüchtern.« Langsam ließ

Laura die Hand mit dem Hufkratzer hinter ihrem Rücken verschwinden und hielt dem Wallach die leere Handfläche der anderen Hand hin. »So, nun riech mal daran, damit wir Freunde werden können. Und dann werde ich dich anbinden und all das eklige Zeug aus deinen Hufen putzen. Wie klingt das für dich?«

Das Pferd sah immer noch unsicher aus. Laura wartete geduldig und verbrachte die Zeit damit, das glänzend schwarze Fell, die zerzauste, aber seidige Mähne und den hoch aufgesetzten, perfekt geformten Hals des Tieres zu bewundern. Inzwischen verstand sie auch, was Matthew Reeves ihnen vorher über Conejos Persönlichkeit erzählt hatte. Laura hatte längst gemerkt, dass der große Schwarze tatsächlich so ängstlich war wie ein Kaninchen – ein Hasenherz eben. Doch aus einiger Entfernung – oder auf dem Fernsehschirm – ließen ihn der hochgeworfene Kopf, die rollenden Augen und das ständige Hin- und Hertreten tatsächlich nach einem Pferd aussehen, das sogar für einen Bösewicht wie Nick Torrence feurig genug war.

Nick Torrence. Matthew Reeves. Wie viel hatte ein Schauspieler denn nun wirklich mit der Figur gemeinsam, die er verkörperte? Beim Beobachten der Probe war Laura sicher gewesen, dass nur ein Schauspieler, der selbst eine gehörige Portion Bosheit im Leibe hatte, die Rolle so überzeugend spielen konnte. Doch jetzt kamen ihr Zweifel. Zum einen war Matthew sehr nett gewesen, als er sich vor der Probe mit ihnen unterhalten hatte, und zum anderen hatte Laura genug Filme mit Skye gesehen, um zu wissen, dass er auch Rollen spielen konnte, die seiner Persönlichkeit nicht im Mindesten entsprachen.

»Außerdem spricht noch etwas dagegen, dass er ein echter Fiesling ist«, sagte sie in beruhigendem Tonfall. Conejo spitzte misstrauisch die Ohren. »Ich habe gesehen, wie du dich in seiner Nähe verhalten hast, mein Großer.«

Das Pferd wirkte ein wenig ruhiger, wenn sie sprach. Also dachte sie weiter laut nach.

»Tiere sind gut darin, den Charakter eines Menschen einzuschätzen«, sagte sie ruhig. »Und du bist gleich ruhiger geworden, als Matthew kam. Du vertraust ihm anscheinend. So schlecht kann er also nicht sein.«

Laura wusste nicht, ob ihre Theorie stimmte. Vielleicht beurteilten Tiere Menschen anders, als Menschen es untereinander taten. Vielleicht gab es irgendwo einen lügenden und betrügenden Mistkerl, der trotzdem sein Pferd liebte.

»Aber du kennst bestimmt das alte Sprichwort«, murmelte sie. »Vorsicht ist die Mutter der Porzellankiste.« Im Grunde war es gleichgültig. Matthew Reeves war schließlich nicht das einzige Prachtstück, das hier herumlief. Laura lächelte, als sie an Jeremiah dachte. Also *er* war jemand, in den sie sich ohne weiteres verlieben konnte.

Ein schneller Blick auf die Uhr machte Laura klar, dass sie sich beeilen musste, wenn sie Conejo rechtzeitig für die nächste Aufnahme fertig haben wollte.

»Also, Großer, jetzt wird es ernst«, sagte sie ihm. »Ich werde dich jetzt anbinden und putzen.« Sie trat vorsichtig, beruhigende Worte murmelnd an ihn heran. Er warf zwar den Kopf hoch, wich aber nicht vor ihr zurück.

Genau in diesem Augenblick bewegte sich der Boden unter ihren Füßen.

»Ah!«, schrie sie unwillkürlich. Diesmal gab es keinen Zweifel. Die Erde bebte und der in der Box aufgehängte Wassereimer schepperte gegen die Wand.

Conejo fühlte es auch. Er verdrehte die Augen und sprang zur Seite.

Alles schien wie in Zeitlupe abzulaufen. Laura zwang sich zur Ruhe. Auch wenn sie noch so große Angst hatte – sie durfte sie das Pferd nicht spüren lassen. Sie musste es ruhig halten, damit es nicht in Panik geriet und sich – oder sie – verletzte.

»Hoo, Großer«, sagte sie, doch zu mehr kam sie nicht, denn sie musste ihren Mund fest schließen, um bei der zweiten, stärkeren Erschütterung nicht laut zu schreien.

Conejo reichte es auch so. Er erhob sich auf die Hinterbeine und schlug mit den Vorderbeinen wild durch die Luft.

Ihre eigene Angst veranlasste Laura dazu, eine Hand hoch zu reißen, um ihr Gesicht zu schützen, und gleichzeitig einen Schritt zurückzuspringen. Als der Boden zum dritten Mal bebte, gaben ihre Beine unter ihr nach und sie kreischte vor Entsetzen, als sie das Gleichgewicht verlor und seitwärts fiel. Als ihr Kopf gegen die Stallwand schlug, glaubte sie, eine Männerstimme zu hören, die ihren Namen rief, doch sicher war sie sich nicht.

Die nächsten paar Sekunden waren irgendwie verschwommen. Später war Laura sich nicht sicher, ob sie kurz ohnmächtig gewesen oder vor Angst so erstarrt war, dass sie nicht mehr klar denken konnte. Doch was auch immer der Grund war, das Erwachen war mehr als angenehm. Ihr wurde plötzlich bewusst, dass jemand sie sanft fest hielt. Als sie die Augen aufschlug, die sie in ihrer Todesangst fest zugekniffen hatte, sah sie direkt in die besorgten braunen Augen von …

»Jeremiah?«, krächzte sie ungläubig.

»Geht es dir gut?« Der junge Schauspieler starrte ihr immer noch in die Augen. »Du hast dir den Kopf angeschlagen.«

Laura versuchte, sich aufrecht hinzusetzen. »Was ist mit Conejo …«, stieß sie hervor.

»Ihm geht es gut«, versicherte Jeremiah ihr. »Er hat sich sofort wieder beruhigt, als das Beben vorbei war.«

Erst jetzt fiel Laura auf, dass der Boden nicht mehr bebte. »Dann ist es vorbei?«

»Es ist vorbei.«

Laura schluckte. Es war ihr unangenehm, dass ein leichtes Beben sie so in Panik versetzt hatte. »Tut mir Leid«, sagte sie. »Das ist mir unheimlich peinlich. Ich bin an so etwas nicht gewöhnt und ...«

»Das macht doch nichts«, sagte Jeremiah sanft und seine starken Arme umschlossen noch immer ihren Rücken und ihre Schultern. »Mir ging es genauso, als ich das erste Mal in L.A. war. Bei uns zu Hause in Ohio gibt es nämlich keine Erdbeben.«

»Bei uns in Virginia auch nicht.« Laura zwang sich zu einem Lächeln. Zum ersten Mal machte sie sich Gedanken darüber, wie sie aussah – und roch. Hätte sie sich doch bloß nach dem Ausmisten der Box gewaschen ... Sie tröstete sich damit, dass Jeremiah es nicht zu bemerken schien. Tatsächlich kam sein besorgtes Gesicht ihrem immer näher.

»Wie geht es deinem Kopf?«, fragte er. Er löste eine Hand von ihrem Rücken und strich sanft ein paar der braunen Locken zurück, die ihrem Pferdeschwanz entkommen waren. »Tut das weh?«

»Nein.« Laura schaffte es kaum, das kleine Wort herauszubringen. Ihr stockte der Atem. Passierte das alles wirklich? Oder hatte Conejo sie erwischt und dies war nur ein Fiebertraum?

Dann berührten Jeremiahs Finger eine empfindliche Stelle und sie verzog das Gesicht. »Oh, entschuldige«, sagte er schnell. »Stört es dich, wenn ich dein Haar zurückstreiche und mal nachsehe?«

»Nein, tu es ruhig.« Laura holte tief Luft. Es passierte also wirklich. Der Schmerz war zwar nicht schlimm, aber doch echt genug gewesen. »Es fühlt sich ziemlich harmlos an.«

Jeremiah untersuchte die Stelle und bemühte sich, sie kein zweites Mal zu berühren. »Ich glaube, du wirst es überleben«, berichtete er. »Kein Blut zu sehen. Aber du wirst vermutlich eine Beule bekommen.« Er ließ ihr Haar fallen und lächelte sie an. »Aber zumindest brauchst du dein wunderschönes Gesicht nicht mit einem großen, hässlichen Verband zu verunstalten.«

In Lauras Kopf drehte sich alles, doch sie war sicher, dass die Beule an ihrem Kopf dafür nicht verantwortlich war. Sie hatte keine Ahnung, was sie sagen sollte.

Zum Glück schien Jeremiah keine Antwort zu erwarten. Seine Arme umschlossen sie etwas fester. Zog er sie tatsächlich dichter an sich?

»Du musst schnell reagiert haben, um Conejo aus dem Weg zu gehen«, murmelte er und sah ihr in die

Augen. »Aber das wundert mich nicht. Ich habe heute gesehen, wie du mit Pferden umgehen kannst, und ich habe noch nie jemanden kennen gelernt, der ein solches Talent besitzt. Du bist etwas ganz Besonderes, Laura.«

»Er hat mich Laura genannt«, jubelte es in ihr. »Er hat sich meinen Namen gemerkt. Jeremiah Jamison hat sich meinen Namen gemerkt!« Im Grunde war es eine Kleinigkeit, doch es machte sie glücklich. Jetzt hatte sie mehr denn je das Gefühl, mitten in einer ihrer eigenen Hollywood-Fantasien gelandet zu sein.

»Aber in einer Fantasie hätte ich nicht diese dreckigen Jeans an«, dachte sie. »Und ich würde nach Rosen duften anstatt nach Mist und Pferdeschweiß.«

Dann hörte sie auf zu denken, denn Jeremiah schwieg und sah sie einen langen, merkwürdigen, atemlosen, magischen, unwirklichen Moment nur an. Laura konnte nichts tun, als zurückzuschauen in seine durchdringenden braunen Augen, die ihren so nahe waren. Ihr Körper war bewegungsunfähig und ihrem Geist ging es genauso.

Diesmal bestand kein Zweifel. Jeremiahs Arme zogen sie dichter an ihn heran. Sein Kopf bewegte sich langsam auf ihren zu, als würde die Kraft ihres Blickwechsels ihn anziehen. Seine Lippen öffneten sich leicht und Laura spürte ihre eigenen Lippen zittern, als sie darauf wartete, dass sich seine …

»Laura!«

Die scharfe Stimme zerriss die Magie des Augenblicks. Jeremiah warf den Kopf zurück und blickte finster drein. Laura, die völlig außer Atem war, sah sich um, wer da störte.

»Skye!«, rief sie und spürte, wie sie rot wurde. Sie wand sich aus Jeremiahs Armen und er ließ sie sofort los. »Was machst du denn hier?«

»Dasselbe könnte ich dich fragen.« Skye hatte die Arme vor der Brust verschränkt und sah von Laura zu Jeremiah und wieder zurück.

Jeremiah sprang auf. »Tatsächlich?«, fauchte er. »Vielleicht solltest du dich lieber um deine eigenen Angelegenheiten kümmern.« Er sah zu Laura hinunter und half ihr auf die Füße. »Ich sehe dich später. Das ist ein Versprechen.« Er drückte leicht ihren Oberarm, dann drehte er sich um und ging.

Skye starrte immer noch Laura an. »Was war denn hier los?«, fragte er. »Es tut mir Leid, dass ich gestört habe. Aber du solltest wissen …«

»Laura!« Diesmal war es Jenny, die nach ihr rief. »Da bist du ja. Ich habe dich schon überall gesucht.«

Laura zwang sich ein Lächeln aufs Gesicht. Sie wollte nicht, dass Jenny oder Skye merkten, dass sie vor Aufregung am ganzen Körper zitterte und ihr Herz so schnell schlug, als wollte es gleich aus ihrer Brust heraussspringen. »Wolltest du nachsehen, ob ich das große Beben überlebt habe?«, scherzte sie lahm.

»Was? Ach, das kleine Zittern«, sagte Jenny beiläufig. »Ja. Und außerdem können Summer und ich deine Hilfe brauchen. Fancy bleibt immer mitten in der Hinterhandwendung stehen und mir ist eingefallen, dass du letzten Sommer bei Silberstern das gleiche Problem hattest. Kannst du uns ein paar Tipps geben?«

»Klar.« Laura warf Skye noch einen letzten Blick zu. Er sah sie verwundert an, zuckte mit den Achseln und verließ den Stall. Seufzend folgte Laura Jenny.

Ihr Traum war vorbei – zumindest vorläufig. »Ich sehe dich später«, wisperte Jeremiahs raue Stimme in ihrem Kopf. »*Das* ist ein Versprechen!«

Neuntes Kapitel

Eine halbe Stunde später fühlte Laura sich noch immer wie vor den Kopf geschlagen. Sie hatte Jenny eine Kurzfassung der Ereignisse zugeflüstert, während sie mit Summer arbeiteten, doch Laura konnte es kaum erwarten, mit ihr eine schöne lange Unterhaltung über Jeremiahs Augenfarbe zu führen oder über das Gefühl, das sie gehabt hatte, als seine Arme sie umschlossen. »Deshalb reden die anderen Mädchen also so viel über Jungen, Verliebtsein und Ausgehen«, dachte Laura, als sie in Richtung Stall ging, um sich dort nützlich zu machen. »Weil es Spaß macht!«

Sie hörte Hufschläge und drehte sich um, um zu sehen, wer es war. Julia kam auf sie zu und führte den gesattelten Conejo am Zügel.

»Hi!«, rief Laura und wollte den beiden entgegengehen. Doch plötzlich blieb sie stehen und schnappte erschrocken nach Luft. Ihr war gerade wieder eingefallen, dass sie Conejo nach ihrem Abenteuer mit Jeremiah vollkommen vergessen hatte.

»Oh, nein! Ich habe seinen großen Auftritt vergessen! Hast du …«

»Ist schon okay«, sagte Julia schnell. »Skye hat mir erzählt, was passiert ist. Er sagte, du wärst durch das Erdbeben abgelenkt worden.«

»Aber das ist keine Entschuldigung. Ich …«

Julia unterbrach sie wieder, diesmal mit einem verständnisvollen Lächeln. »Mach dir darüber keine Gedanken. Wenn deine Angst vor Erdbeben auch nur annähernd mit meiner Höhenangst zu vergleichen ist, wundert es mich nicht im Geringsten, dass du Conejo vergessen hast.« Sie zwinkerte ihr zu. »Außerdem bin ich diejenige, die hier bezahlt wird. Ich sollte mich freuen, dass ihr beide euch bereit erklärt habt, mir zu helfen. Ihr könntet jetzt genauso gut am Strand liegen, anstatt dieselben Arbeiten zu machen, die ihr zu Hause schon den ganzen Sommer gemacht habt. Also mach dir bitte keine Vorwürfe deswegen. Es ist wirklich nicht schlimm.«

»Oh.« Laura räusperte sich. »Hat Skye zufällig noch etwas anderes erwähnt?« »Zum Beispiel, dass er mich in den Armen von Amerikas heißestem Fernsehstar angetroffen hat?«, fügte sie im Stillen hinzu und spürte, wie schon bei dem Gedanken daran ihre Wangen warm wurden.

»Nein, nicht dass ich wüsste«, sagte Julia.

Also hatte er es ihr nicht gesagt. Laura hätte wissen müssen, dass Skye so etwas nicht herumerzählte, nicht einmal Julia. Er war eben ein Gentleman. Laura lächelte und begann, neben Julia herzugehen. »Sagen wir einfach, dass es nicht nur das Erdbeben war, das mich abgelenkt hat. Ich hatte ein paar Probleme mit Conejo und dann fing das Erdbeben an ...« Sie erzählte Julia die ganze Geschichte und bemühte sich, nicht das kleinste Detail auszulassen.

Sie war so in ihren Bericht vertieft, dass ihr Julias gerunzelte Stirn erst zum Schluss auffiel. »Willst du damit sagen, dass du dich von ihm küssen lassen wolltest?«

»Was hast du denn gedacht?«, fragte Laura überrascht. Bildete sie sich das ein oder strahlte Julia Missbilligung aus? Zugegeben, sie war in manchen Dingen etwas altmodisch, aber sie war doch nicht prüde. Zumindest war Laura das bisher nicht aufgefallen.

Julia blieb stehen, ließ Conejo ein paar Grashalme abzupfen und sah Julia ernst an. »Eigentlich wollte ich erst etwas dazu sagen, wenn wir unter uns sind.« Sie sah sich auf dem nahezu menschenleeren Stallvorplatz um. »Aber ich glaube, ich sollte es dir lieber jetzt sagen. Jeremiah ist nicht der richtige Umgang für dich. Du solltest lieber die Finger von ihm lassen.«

»Wie meinst du das?« Laura hatte Julias Worte zwar gehört, doch in ihr Gehirn waren sie nicht vorgedrungen, denn sie hatte fest mit einer anderen Reaktion auf ihre aufregende und romantische Geschichte gerechnet.

Julia runzelte die Stirn. »Ich meine damit, dass du nicht auf seine großen braunen Augen und alles andere hereinfallen sollst. Das ist alles nur aufgesetzt. Es ist genauso falsch wie dieser edle Typ, den er in der Serie spielt.«

Laura schüttelte langsam den Kopf. Sie kannte Julia schon lange und wusste, dass sie vernünftig und vorsichtig war. Aber das war lächerlich. Ließ sie sich denn *niemals* von der Strömung treiben und tat einfach das, was ihr Spaß machte? Hatte sie denn in all den Jahren nichts von Jenny gelernt?

»Das ist doch egal.« Laura bemühte sich, möglichst unbekümmert zu klingen. Sie wollte Julia nicht merken lassen, wie sehr ihr besserwisserisches Getue ihr auf die Nerven ging. »Es ist doch keine große Sache.«

»Wenn du vorhast, weitere Zeit mit ihm zu verbringen, ist es eine große Sache.« Julia sah auf die Uhr und schnalzte dann mit der Zunge, um Conejo wieder in Bewegung zu setzen. Er riss noch ein weiteres Grasbüschel ab und gehorchte. »Du weiß nicht, wie er wirklich ist. Glaub mir, er hat nichts von dem netten, ehrlichen Kerl, den er spielt. Außerdem ist er älter als du.«

Allmählich wurde Laura richtig wütend. Für wie einfältig hielt Julia sie? Nur weil sie noch nie einen festen Freund gehabt hatte und mehr Zeit im Stall verbrachte als in der Disko, bedeutete das noch lange nicht, dass sie keine Ahnung von Jungen hatte. Zugegeben, manchmal sorgten ihre Freundinnen – unabsichtlich – dafür, dass sie sich so vorkam. Immerhin waren Jenny und Phil schon fast ein altes Ehepaar und auch Julia hatten die Jungen schon zu Füßen gelegen, bevor sie sich für Alex entschieden hatte.

»Du brauchst dich nicht aufzuregen«, sagte Laura so gelassen sie konnte. »Es ist nicht so, dass ich total verliebt in den Kerl wäre oder so. Ich habe nur gesagt, dass ich ihn ganz gut finde.« Das war nicht einmal gelogen. Laura suchte nicht nach der wahren Liebe – vielleicht war sie nicht so vernünftig wie Julia, doch auch ihr war klar, dass eine Beziehung zwischen ihr und einem berühmten Fernsehstar keine Zukunft haben konnte. Sie wusste genau, dass Jeremiah sie zwar genug mochte, um sie küssen zu wollen, dass er aber bestimmt nicht zu ihrer Schulabschlussfeier im nächsten Jahr kommen würde.

»Na und?« dachte sie. »Trotzdem kann ich mich diese Woche mit ihm amüsieren. Was ist schon dabei, ein bisschen mit einem gut aussehenden Fernsehstar herumzumachen? Vor allem, da er mich anscheinend unwiderstehlich findet!« Bei dem Gedanken musste sie lächeln.

Laura wusste, dass ihre Freundinnen sie für attraktiv hielten, das hatten sie ihr gesagt. Aber wenn sie in den Spiegel sah, war sie sich nicht sicher, was sie von ihrem Aussehen halten sollte. »Aber wenn Jeremiah mir sagt, dass er mich schön findet, werde ich ihm bestimmt nicht widersprechen!«

Julia sah besorgt über ihre Schulter, während sie mit Conejo in Richtung Kameras ging. »Hör mal, Laura, ich will dir bestimmt keine Vorschriften machen. Aber als deine Freundin muss ich dir sagen, was ich davon halte. Jeremiah ist kein guter Mensch, und wenn du ihn das nächste Mal siehst, solltest du dich aus dem Staub machen, so schnell du kannst. Denn wenn du es nicht tust, könntest du verletzt werden.«

»Klar«, dachte Laura gereizt. »Ich könnte aber auch etwas Spaß haben. Aber das wäre natürlich eine Tragödie für dich.« »Ich habe verstanden«, sagte sie knapp. »Und jetzt gehe ich nachsehen, ob Jenny meine Hilfe braucht.« Sie machte auf dem Absatz kehrt und hastete zurück zu den Stallungen.

»Laura, warte doch!«, rief Julia ihr nach. »Komm zurück!«

Laura gab vor, sie nicht gehört zu haben. Sie verschwand hinter einem der Schuppen, denn sie wusste genau, dass Julia ihr erst nachlaufen konnte, wenn sie Conejo bei Matt abgeliefert hatte. Sie lächelte bitter. Julia würde ihr den Spaß nicht verderben. Dies war wahrscheinlich ihre einzige Chance, sich mit einem Fernsehstar zu amüsieren, und diese Chance wollte sie nicht verpassen.

Egal, was ihre ach so welterfahrene Freundin sagte.

»Sie macht sich gut, nicht wahr?«, fragte eine bekannte Stimme hinter Jennys Rücken.

»He, Skye.« Jenny drehte sich vorsichtig um, denn sie saß auf dem Zaun des größten Abreiteplatzes. »Was machst du denn noch hier? Solltest du nicht die Ranch retten?«

Skye grinste. »Das mache ich erst später. Im Moment werden ein paar Szenen mit den Gaststars gedreht.« Er setzte sich zu ihr auf den Zaun und beobachtete Summer, die auf dem hinteren Teil des Platzes mit Fancy trainierte.

Jenny folgte seinem Blick. »Sie reitet wirklich großartig«, sagte sie und bewunderte Summers tadellosen Sitz und ihre perfekte, kaum wahrnehmbare Zügelführung. »Ich muss zugeben, dass ich ein wenig überrascht bin. So wie sie sich heute Morgen angehört hat, klang es, als hätte sie bisher kaum fünf Minuten auf einem Pferd gesessen.«

»Ja, das ist Summer.« Skye schüttelte mitfühlend den

Kopf. »Sie hat mehr auf dem Kasten als viele andere Schauspieler, aber sie sieht es einfach nicht.«

»Wie meinst du das?«

»Ich meine, dass sie Talent hat – nicht nur als Reiterin, sondern auch als Schauspielerin. Sie ist klug. Und dass sie sehr schön ist, siehst du ja selbst. Aber sie hat ein Riesenproblem: Sie hat kein Selbstvertrauen.«

Skyes Bemerkung überaschte Jenny nicht. Sie hatte schon genug Zeit mit Summer verbracht, um zu merken, wie unsicher die junge Frau war. Aber dass sie es gemerkt hatte, bedeutete noch nicht, dass sie es auch verstand. »Das verstehe ich nicht«, sagte sie. »Warum sollte jemand, der so erfolgreich ist wie sie, kein Selbstvertrauen haben?«

Skye seufzte. »Wer weiß?«, sagte er. »Das hier ist ein hartes Geschäft. Man muss Ablehnung und Kritik vertragen können und die meisten von uns gehen damit um, so gut sie eben können. Aber Summer nimmt sich alles zu Herzen. Sie glaubt, was die Leute über sie sagen, vor allem, wenn es etwas Negatives ist.«

»Komisch.« Jenny schwieg einen Moment lang.

Skye wischte sich mit dem Handrücken über die Stirn. »Ganz schön heiß hier.«

Jenny grinste. »War das etwa eine Beschwerde?«, stichelte sie. »Das kann ich nicht glauben. Schließlich erzählt einem jeder, wie toll das Wetter hier ist.«

»Ha, ha.« Skye verdrehte die Augen. »Aber was ich gerade sagen wollte: Es ist schon eine Ironie, dass Summer ausgerechnet die Rolle der Caitlin Drake spielt. Caitlin ist eine selbstsichere Draufgängerin, die alle anderen beeinflussen will – also das genaue Gegenteil von Summer.«

»Zu schade, dass sie nicht so perfekt zu ihrer Rolle passt wie du«, spottete Jenny und zwinkerte Skye verschmitzt zu.

Er lachte. »Was soll ich dazu sagen? Ich *bin* Devon Drake. Aber im Ernst, die Leute vom Casting interessiert es nicht die Bohne, wie du im wirklichen Leben bist. Sie wollen nur wissen, ob du die Rolle spielen kannst, die sie dir zugedacht haben.« Er verzog das Gesicht. »Und damit beweist diese Serie eindeutig, dass Schauspieler nichts mit ihren Rollen gemeinsam haben müssen.«

Jenny war sofort interessiert. »Ehrlich?«, sagte sie. »Also ist das gute alte Hollywood doch das Land der Illusionen. Gibt es außer Summer noch jemanden, der sein genaues Gegenstück spielt?«

»Ja, Matt zum Beispiel. Matthew Reeves. Er spielt den größten Schurken der Serie, aber in Wirklichkeit ist er ein netter Kerl mit einem großartigen Sinn für Humor.« Er sah Jenny mit schief gehaltenem Kopf an. »Wenn ich es mir recht überlege, müsstet ihr beide ganz gut zusammenpassen, wenn du ihn erst einmal kennen gelernt hast.«

Jenny war skeptisch. »Einen Augenblick«, sagte sie und schwang ihre Beine gegen einen Zaunpfahl. »Ich habe vorhin die Probe gesehen. Willst du mir wirklich erzählen, dass dieser eklige Typ tatsächlich ein Herz aus Gold hat? Ich dachte, er wäre eines von diesen ichbezogenen, kaltherzigen Hollywood-Monstern, von denen man so viel liest. Als Nächstes erzählst du mir noch, dass der sympathische Jeremiah Jamison im wirklichen Leben kleine Tiere quält.«

Skye zögerte. »Na, so schlimm ist es nicht gerade.«

Jenny lachte. »Was ist es dann? Hat er seine ganze Familie umgebracht? Staatsgeheimnisse an ausländische Mächte verkauft? Oder bei der Oscarverleihung eines von diesen kleinen goldenen Männchen geklaut?«

»Ich spreche nicht gern hinter ihrem Rücken über andere Leute«, sagte Skye ernst. »Das tun in diesem Geschäft schon zu viele. Aber in diesem Fall werde ich eine Ausnahme machen. Hat Laura dir zufällig etwas erzählt? Etwas von sich und Jeremiah?«

»Woher weißt du ... ach ja.« Jenny warf Skye einen wissenden Blick zu. »Ich hörte, dass du versehentlich dazwischengeplatzt bist. So ein Pech. Habt ihr Hollywood-Leute noch nie etwas von Privatsphäre gehört?«

»Sehr witzig.« Doch Skye lachte nicht. Er sah wieder

zu Summer hinüber. Sie war immer noch am hinteren Ende des Platzes und konzentrierte sich auf ihre Reiterei. »Ich weiß nicht, wie ich es Laura sagen soll, aber du bist eine ihrer besten Freundinnen. Ich denke, du solltest wissen, dass Jeremiah nicht so ist, wie er sich gibt. Er ist kein netter und empfindsamer Kerl. Der Einzige, der ihm etwas bedeutet, ist er selbst, und das bedeutet, dass man ihm nicht trauen kann.«

»Ehrlich?« Jenny versuchte, das, was Skye ihr erzählte, das, was sie von Laura gehört hatte, und ihren eigenen Eindruck von Jeremiah auf einen Nenner zu bringen. Es ergab keinen Sinn. Sie traute zwar Skyes Urteilsvermögen, doch sie blieb skeptisch. Vielleicht kannte Skye Jeremiah nicht sehr gut. Vielleicht kam Jeremiah auch nur mit Mädchen besser zurecht als mit anderen Männern.

Skye schien ihre Zweifel zu spüren. »Ich möchte ja nur, dass du die Augen offen hältst«, sagte er eindringlich. »Ich mag Laura sehr gern und will nicht, dass sie verletzt wird.«

»Das will ich auch nicht«, sagte Jenny sofort. »Danke für die Warnung.« Sie beschloss, dass es nicht verkehrt sein konnte, Jeremiah ein wenig genauer unter die Lupe zu nehmen, vor allem, wenn Laura wirklich vorhatte, mehr Zeit mit ihm zu verbringen. Vorsicht war schließlich besser als Nachsicht.

»Gern geschehen.« Skye lächelte erleichtert. »Puh, ich bin froh, dass ich das losgeworden bin, wenn es auch schwer gefallen ist. Julia ist schon den ganzen Sommer hier und hat inzwischen gemerkt, wie manche Schauspieler sein können, aber ich war mir nicht sicher, ob du und Laura das auch erkennen würdet.« Er winkte Summer zu, die immer noch mit Fancy trainierte. »In gewisser Hinsicht sind Leute wie Jeremiah das genaue Gegenteil von Summer. Sie glaubt alles Schlechte, das sie über sich hört, aber er glaubt nur das Gute. Bei manchen Schauspielern wird die Sorge über das eigene Image irgendwann zur Besessenheit.«

»Was für ein schrecklicher Gedanke.« Darüber musste Jenny erst einmal nachdenken. »Bin ich froh, dass ich aus einer Gegend komme, in der ich nur mit normalen Leuten zu tun habe und nicht mit ausgeflippten Hollywood-Freaks.« Als ihr bewusst wurde, was sie gerade gesagt hatte, lächelte sie Skye schnell zu. »Anwesende natürlich ausgenommen.«

»Natürlich.« Skye schwieg einen Moment lang und Jenny fürchtete schon, ihn mit ihrer Bemerkung doch gekränkt zu haben. Doch als er wieder etwas sagte, wurde ihr klar, dass er mit seinen Gedanken wieder bei Summer war. »Ich bin nur froh, dass Summer Julia kennen gelernt hat. Julia hat sich hier sehr nützlich gemacht und ich glaube, dass ihre Anwesenheit Summer gut getan hat.« Er warf Jenny einen kurzen Blick zu. »Genau genommen hat sie uns allen gut getan.«

»Klar. Julia Atwood, die Psychotante der Stars«, verkündete Jenny dramatisch. »Natürlich auch zuständig für die Pferde der Stars. Deine eingebildeten Schauspielerfreunde haben wahrscheinlich nicht einmal mitbekommen, was ihnen passiert ist. Sie haben nur gemerkt, dass ihre oberflächliche So-tun-als-ob-Welt plötzlich ein bisschen – vernünftiger geworden ist.«

Skye lächelte über Jennys Spott, doch sein Lächeln hatte etwas Gequältes. »Als ich Julia von diesem Job erzählte, war ich mir nicht sicher, ob er ihr gefallen würde. Dass sie den Teil mit den Pferden lieben würde, war mir natürlich klar. Aber ich hätte nie gedacht, dass sie sich hier so gut anpasst und mit den Leuten, die hier arbeiten, so gut klarkommt. Sie hat wirklich Talent für den Umgang mit Menschen.«

»Ich weiß.« Trotz ihrer Scherze gefiel Jenny diese Unterhaltung immer weniger. Sie machte nicht nur deutlich, dass Skye und Julia sich näher standen als je zuvor, sondern nun deutete Skye auch noch an, dass Hollywood gewissermaßen Julias natürlicher Lebensraum war.

Skye bemerkte es nicht. Er beobachtete wieder Summer. »Ich weiß nicht, wie wir ohne sie auskommen sollen«, fuhr er fort. »Sie ist hier praktisch unersetzlich. Ich habe noch nicht mit ihr darüber gesprochen, aber ich vermute, dass sie uns genauso vermissen wird wie wir sie. Ich glaube, dass sie in diesem Sommer mehr Spaß hatte als erwartet.«

»Oh, tatsächlich?«, fragte Jenny und ihre Stimme klang selbst in ihren Ohren etwas zu scharf. »Bist du dir da so sicher? Vielleicht *tut sie auch nur so*, als ob sie es hier toll fände – du weißt schon, so wie manche von den Schauspielern, die ganze Persönlichkeiten fälschen. Vielleicht hat sie euch die ganze Zeit nur beobachtet, um am Ende des Sommers ein Buch zu schreiben, zum Beispiel *Die Lebensweise der Überbezahlten und Untalentierten: Eine Reise durch das wahre Hollywood.*«

Jenny merkte zu spät, dass sie zu weit gegangen war. Skye sah sie verärgert an. »Also gut, Jenny«, sagte er und sprang vom Zaun. »Du kannst aufhören, so taktvoll zu sein. Ich habe schon verstanden, was du von Hollywood und der Unterhaltungsindustrie und allem, was dazugehört, hältst.« Er schüttelte den Kopf und klopfte sich den Hosenboden ab. »Ich hätte nicht erwartet, dass du zu denjenigen gehörst, die etwas verurteilen, bevor sie es richtig kennen. Weißt du nicht mehr, wie wir uns damals kennen gelernt haben? Da habt ihr mich überzeugt, dass ich das Reiten nicht hassen dürfte, bevor ich nicht wüsste, worum es dabei ging. Aber ich denke, in deinem Fall habe ich mich geirrt.«

»Warte, Skye«, sagte Jenny schnell. »Das sollte nur ein Witz sein. Aber du verstehst nicht …«

»Wir sehen uns noch.« Skye ging fort.

Jenny sackte auf dem Zaun zusammen und sah ihm nach. »Er hat sich ziemlich sauer angehört«, dachte sie und hatte einen Moment lang ein schlechtes Gewissen. Doch dann schüttelte sie den Kopf. Sie hatte es vielleicht ein wenig übertrieben, aber Skye hatte es herausgefordert. Verstand er denn nicht, wie schrecklich es für sie war, dauernd zu hören, wie toll dieser Sommer für Julia war? Bei ihm hatte es sich so angehört, als hätte Julia hier solchen Spaß, dass sie darüber ihre Freundinnen und ihr wahres Zuhause vollkommen vergessen hatte. Natürlich wusste sie, dass er es so nicht gemeint hatte. Also hätte sie vielleicht auch nicht so viele böse Bemerkungen über Hollywood machen sollen.

»Aber ich konnte nichts dagegen tun«, dachte Jenny verzagt. »Er hat es so dargestellt, als gefiele es Julia hier so gut, dass sie nie wieder weg will.«

Und das war etwas, an das Jenny lieber nicht denken wollte, und es ärgerte sie, dass Skye es geschafft hatte, diesen Gedanken in ihrem Kopf wieder an die erste Stelle zu rücken. Wie konnte sie ihm bloß begreiflich machen, wie wichtig es für sie alle war, dass Julia nach Hause kam?

Zehntes Kapitel

Bis zum Nachmittag hatte sich der Trubel rund um die Stallungen ein wenig gelegt. Julia und ihre Freundinnen saßen in der geräumigen Sattelkammer und putzten Zaumzeuge. Julia machte sich noch immer Sorgen über Lauras Interesse an Jeremiah, doch seit ihrem ersten Gespräch hatte ihn Laura nicht mehr erwähnt. Das bedeutete hoffentlich, dass sie sich die Warnung zu Herzen genommen hatte.

Abgesehen von dieser einen Sorge war Julia zufrieden und glücklich. Es war schön, wieder mit Jenny und Laura vereint zu sein. Wirklich schön. Sie vermutete, dass die beiden mittlerweile gemerkt hatten, was ihr an Kalifornien – und an diesem Job – so gut gefiel. Sie hoffte es zumindest. Wenn die beiden sie verstanden und ihr bei der Umstellung halfen, würde es ihr leichter fallen, das alles zurücklassen und sich in Willow Creek wieder einzuleben.

Die drei unterhielten sich über die Sehenswürdigkeiten, die sie am Tag zuvor besichtigt hatten, bis Rick den

Kopf zur Tür hereinstreckte. »Na, Julia, lässt du sie immer noch schuften?«, fragte er schalkhaft.

»Das ist schon okay. Wir sind daran gewöhnt.« Jenny stieß einen übertriebenen Seufzer der Erschöpfung aus.

Rick lachte. »Das merkt man. Ihr Mädchen seid gute Arbeiterinnen. Fast so gut wie Julia.«

»Danke, Rick.« Julia lächelte ihn an. »Zwei Komplimente in einer Woche«, dachte sie. »Das muss der absolute Rekord sein!«

Sie freute sich so darüber, dass sie beinahe nicht mitbekam, was Rick als Nächstes sagte. »Warum machst du heute nicht etwas früher Schluss, Julia? Führ deine Freundinnen herum. Wir werden den Rest des Tages auch ohne dich überleben.«

Julia klappte den Mund auf, um ihm zu danken. Das war ein sehr großzügiges Angebot, zumal er ihr schon am Tag zuvor freigegeben hatte. Sie wusste natürlich, dass er Recht hatte. Der Vormittag war hektisch gewesen, doch an diesem Nachmittag tat sich nicht viel. Sie wurde wirklich nicht unbedingt gebraucht.

»Du hast den Mann gehört«, sagte Jenny aufgeregt. »Hier kommt man ohne uns aus.« Sie grinste. »Und wenn doch noch Hilfe gebraucht wird, wenn wir schon weg sind, können ein paar von diesen Fernsehstars ihre Agenten, Masseusen oder Maniküren vorbeischicken!«

Die Worte trafen Julia wie ein Schlag. Was sollte das

denn nun wieder bedeuten? Sie verzog das Gesicht und ihre gute Laune war dahin. Eigentlich hatte sie gedacht, dass ihre Freundinnen aus diesem harten Tag eines gelernt hatten: dass ihr Job ernst zu nehmen war. Aber vielleicht hatten sie das doch noch nicht begriffen.

Laura klimperte theatralisch mit den Wimpern. »Hervorragende Idee, Darling«, näselte sie affektiert. »Lass uns zum Lunch gehen. Oder, noch besser, an den Strand!«

Julia spürte, wie sich ihre Hände um das glatte Leder des Zaumzeugs krallten, das sie gerade putzte. Ihr Job war kein Witz. Was sollte sie bloß noch tun, um den beiden das begreiflich zu machen?

»Tut mir Leid«, sagte sie stur. »Es wäre nicht richtig, jetzt schon Feierabend zu machen. Hier ist noch zu viel zu tun. Ich muss dafür sorgen, dass Topsy für die Nahaufnahme bereit ist, und bis morgen muss jedes dieser Zaumzeuge glänzen.«

Rick sah überrascht aus, doch das war nichts im Vergleich zu den verblüfften und enttäuschten Gesichtern ihrer Freundinnen. Einen Augenblick lang bereute Julia ihre vorschnellen Worte. Warum regte sie sich eigentlich so auf? Laura und Jenny wussten, dass ihr Job ernst zu nehmen war – das war jeder Job, der mit Pferden zu tun hatte. Außerdem waren sie ihre besten Freundinnen. Sie sollte sich über ihren Besuch freuen und alles daransetzen, ihnen den Aufenthalt so angenehm wie möglich zu machen. Alles andere war gemein und dumm.

Sie holte tief Luft für ein schnelles Lachen und eine noch schnellere Entschuldigung. Doch bevor sie etwas sagen konnte, betrat noch jemand die Sattelkammer.

»He, ist das hier eine Party?«, fragte Jeremiah Jamison, als er die drei Mädchen entdeckte. »Warum wurde ich nicht eingeladen?«

Rick murmelte eine höfliche Begrüßung und verzog sich unauffällig. Jeremiah schien das nicht zu merken. Er war zu sehr damit beschäftigt, Laura mit einem gierigen Blick anzustarren, den Julia nur zu gut kannte. Sie hatte diesen Blick schon vorher gesehen – zum Glück war er nie auf sie gerichtet gewesen –, und sie wusste, dass dieser Blick Ärger versprach.

»Hi Jeremiah«, sagte Laura mit zittriger, atemloser Stimme, bei der es Julia fast übel wurde. »Wir haben gerade darüber gesprochen, uns die Stadt anzusehen, aber Julia kann hier noch nicht weg.«

»So ein Pech.« Jeremiah warf Julia einen erstaunten Blick zu.

Sie sah ihn finster an. Sie konnte förmlich sehen, wie die kleinen grauen Zellen in seinem Kopf zu arbeiten begannen, als er überlegte, wie er die Situation zu seinem Vorteil ausnutzen konnte. Warum musste er auch so verdammt gut aussehen?

»Nur weil Julia nicht mitkommen kann, solltest du nicht auf dein Vergnügen verzichten, Laura«, sagte er glatt. »Ich habe heute keine Aufnahmen mehr und bin deshalb frei wie ein Vogel. Wie wär's? Willst du dir stattdessen mit mir die Stadt ansehen?«

Lauras braune Augen wurden groß. »Klar, Jeremiah. Das wäre toll.«

Julia wollte protestieren, doch dann überlegte sie es sich anders. Was konnte sie jetzt noch sagen? Sie hatte schon behauptet, unabkömmlich zu sein. Außerdem fürchtete sie, dass ihre Entschuldigung jetzt, wo Jeremiah aufgetaucht war, nicht mehr so ehrlich klang.

Trotzdem konnte sie nicht zulassen, dass Laura mit Jeremiah durch Los Angeles zog. Sie traute Jeremiah gerade so weit, wie sie ihn werfen konnte.

Sie warf einen verzweifelten Blick auf Jenny und wünschte, sie könnte alles mit ihr besprechen. Laura war offenbar so hingerissen, dass sie ohnehin nicht zuhören würde, aber vielleicht konnte Julia Jenny begreiflich machen, dass Jeremiah ein absoluter Widerling war, auch wenn sein Agent und *TV Stars* das Gegenteil behaupteten. Julia hatte schon erlebt, wie dieser Kerl Mädchen behandelte. Er liebte es, sie zu erobern, doch sobald sie sich auf ihn einließen, passierte immer dasselbe. Manchmal dauerte es einen Tag und manchmal eine Woche, aber es endete immer damit, dass er sie wie

Dreck behandelte. Sie konnte den Gedanken nicht ertragen, dass so etwas auch Laura bevorstand.

Jenny erwiderte ihren Blick nicht. Sie sah Jeremiah nachdenklich an.

»Das ist eine großartige Idee, Jeremiah«, sagte sie fröhlich. »Ich denke, ich werde mich euch anschließen. Das wird bestimmt lustig.«

Jeremiah bedachte sie mit einem gereizten Blick. Es war eindeutig, dass er sich vorgestellt hatte, nur mit Laura loszuziehen. Aber er nickte mürrisch. »Klar, äh, Jenny«, knurrte er. »Zum Totlachen.«

Julia unterdrückte einen Seufzer der Erleichterung. Der Gedanke, dass Laura mit Jeremiah zusammen war, gefiel ihr immer noch nicht, aber zumindest würde sie nicht mit ihm allein sein. »Damit wäre dann alles geklärt, nicht wahr?«, sagte sie, bemüht, sich ihre Niedergeschlagenheit nicht anmerken zu lassen. Was hätte sie auch sonst tun sollen? »Wir treffen uns dann nachher im Haus meines Vaters, okay?«

Einen Augenblick später waren ihre Freundinnen und Jeremiah fort. Julia ließ sich auf einen Stuhl sinken und vergrub das Gesicht in den Händen. Was war bloß mit ihr los? Mit ihrem Stolz und ihrer Sturheit hatte sie ihnen allen den Tag verdorben. Und außerdem hatte sie die Romanze zwischen Laura und Jeremiah noch angekurbelt, indem sie den beiden so etwas Ähnliches wie eine gedruckte Einladungskarte überreicht hatte. Was versuchte sie eigentlich zu beweisen?

»Julia?«, fragte jemand unsicher von der Tür aus. »Alles in Ordnung?«

Julia schaute auf und sah Skye in der offenen Tür stehen. »Hi Skye«, sagte sie und zwang sich zu einem schwachen Lächeln. »Alles klar. Ich bin nur wütend auf mich selbst, sonst nichts.«

»Willst du darüber reden?« Skye betrat den Raum, stülpte einen Eimer um, setzte sich darauf und sah Julia erwartungsvoll an.

Zunächst zögerte sie, doch sie wusste, dass es ihr besser gehen würde, wenn sie alles erzählte, vor allem wenn der Zuhörer so verständnisvoll war wie Skye.

Er hörte ihr zu, ohne etwas zu sagen. Dann lehnte er sich auf seinem Eimer ein wenig zurück und sah Julia nachdenklich an.

»Also, zunächst einmal kann ich verstehen, dass du dir Sorgen um Laura machst. Sie ist ein kluges Mädchen, aber Jeremiahs Hobby ist es, Mädchen abzuservieren, und dabei ist es ihm ganz egal, ob sie klug sind oder nicht.«

»Ich weiß. Und Laura hat noch nicht so viel Erfahrung mit Männern …« Sie ballte die Fäuste. »Ich wünschte, ich hätte mich nicht so idiotisch verhalten! Dann wäre sie nicht mit ihm gegangen.«

Skye nickte mitfühlend. »Reg dich nicht allzu sehr darüber auf. Du kannst es ohnehin nicht mehr ändern. Es wird schon alles gut gehen. Was kann schon passieren – zumal die beiden auch noch Jenny im Schlepptau haben.«

»Wie ich Jeremiah kenne, wird er sie abhängen, sobald sich ihm die Gelegenheit bietet.«

»Und wie ich Jenny kenne, wird ihm das nicht gelingen«, konterte Skye. »Ich hatte vorhin eine kleine Unterhaltung mit ihr.« Er zögerte. »Du weißt, dass ich die Geheimnisse anderer Leute normalerweise nicht ausplaudere, aber ich dachte mir, dass sie Laura vielleicht vor Kummer bewahren könnte, wenn sie weiß, was Sache ist.«

»Dann weiß sie also, was für ein Mistkerl Jeremiah ist?« Julia konnte es kaum glauben. Erleichterung durchströmte sie. Wenn Jenny auch nur den geringsten Verdacht hatte, dass es in Lauras privatem Hollywood-Paradies Ärger geben konnte, würde Jeremiah es nie schaffen, sie loszuwerden. Wenn sie ihre Freunde bedroht sah, war Jenny zäher als eine Bulldogge.

Doch Skye hatte noch mehr zu sagen. »Und was den Rest angeht, kann ich nicht behaupten, dass ich verstehe, warum du nicht mitgehen wolltest, aber ...«

»Es war nicht so, dass ich nicht wollte«, unterbrach Julia ihn. »Ich wollte durchaus. Aber ich wollte nicht, dass die beiden denken, mein Job wäre so etwas wie ein gemütliches Hobby, das man hinwirft, sobald man keine Lust mehr dazu hat.«

»Meinst du wirklich, dass sie so darüber denken?«

Julia seufzte. »Nein, eigentlich nicht. Wahrscheinlich nicht.« Sie rief sich noch einmal ins Gedächtnis zurück, was ihre Freundinnen im Einzelnen gesagt hatten. »Also gut, ich bin sicher, dass sie es nicht tun. Sie haben nur herumgealbert. Wahrscheinlich bin ich einfach im Augenblick etwas empfindlich, weil mein Leben zurzeit so kompliziert ist.«

»Du meinst, weil der Sommer fast vorbei ist?«, fragte er sanft.

Julia nickte und betrachtete ihre Hände. »Ich dachte, ich könnte es kaum erwarten, wieder nach Hause zu kommen. Und in gewisser Weise ist das auch so. Aber ein anderer Teil von mir möchte hier bleiben. Ist das nicht verrückt?«

»Um das zu beantworten, bin ich wahrscheinlich nicht der Richtige.« Skye rückte seine Sitzgelegenheit etwas dichter an sie heran. »Weil ich auch möchte, dass du bleibst.«

»Danke«, sagte Julia, ohne aufzusehen. »Aber im Ernst: Was soll ich tun?«

»Im Ernst«, antwortete Skye, »darfst du mich das nicht fragen, denn ich bin einfach zu voreingenommen, um dir einen vernünftigen Rat zu geben.« Etwas in seiner Stimme ließ Julia aufhorchen. Er sah sie ernst an. »Wenn es nach mir ginge, würdest du für immer bleiben.«

»Oh«, war alles, was Julia hervorbrachte. Sie wusste nicht genau, was hier passierte, sie wusste nur, dass ihr Herz plötzlich doppelt so schnell schlug wie noch vor wenigen Sekunden.

»Wie alt warst du, als wir uns kennen gelernt haben? Zwölf? Dreizehn?« Skye lächelte bei der Erinnerung daran. »Auf jeden Fall zu jung für einen coolen Teenager, wie ich es damals war. Auch wenn du noch so niedlich warst. Doch jetzt kommt es mir vor, als spielten die paar Jahre Altersunterschied zwischen uns keine Rolle mehr. Verstehst du?«

»Ich glaube schon«, sagte Julia langsam und in ihrem Kopf drehte sich alles. Das war kaum zu glauben! Sie und Skye waren Freunde. Das waren sie schon immer gewesen, auch wenn sie gelegentlich daran gedacht hätte, wie es wohl wäre, wenn … Aber das lag jetzt alles in der Vergangenheit. »Ich habe einen Freund, Skye. Und ich liebe ihn sehr.«

»Ich weiß«, sagte Skye schnell und sah ihr weiterhin direkt in die Augen. »Zwischen dir und Alex ist etwas Ernstes und das respektiere ich. Ich bin froh, dass du jemanden gefunden hast, der dir etwas bedeutet. Und ich möchte unsere Freundschaft auf keinen Fall gefährden. Ich verlasse mich darauf, dass wir immer Freunde bleiben. Ich möchte nur erwähnen, dass ich in letzter Zeit öfters darüber nachgedacht habe, was hätte sein können.« Jetzt wich er ihrem Blick aus. »Und was vielleicht sein könnte, wenn die Dinge anders lägen.«

»Oh«, sagte Julia zum zweiten Mal. Sie konnte nicht glauben, dass sie diese Unterhaltung tatsächlich führten. Sie war schmeichelhaft, aber zugleich auch sehr verwirrend. Wenn sie ehrlich war, hatte sie schon immer gewusst, dass zwischen Skye und ihr eine besondere Beziehung bestand, die über die reine Freundschaft, die er zu Jenny und Laura unterhielt, hinausging.

Aber was für eine Rolle spielte das noch? Sie liebte Alex. Und dessen war sie so sicher wie der Tatsache, dass ihr Herz schlug.

»Ich hoffe nur, dass ich dich damit nicht allzu sehr schockiert habe.« Skye stand auf und lächelte Julia etwas verlegen an. »Das wollte ich nicht. Aber wir waren immer ehrlich zueinander und ich wollte einfach, dass du weißt, was ich für dich empfinde. Natürlich hätte ich auf Nummer sicher gehen und es für mich behalten können, aber das kam mir verkehrt vor. Ich erwarte natürlich nicht, dass sich zwischen uns jetzt alles ändert; ich weiß, dass das nicht passieren wird. Ich wollte nur, dass du es weißt.«

»Ich verstehe.« Das tat sie auch – zumindest seinen Standpunkt. Er hatte ihr nichts gesagt, was sie nicht schon längst gewusst oder zumindest vermutet hatte. Und sie respektierte seinen Mut zur Ehrlichkeit. Nur die wenigsten hatten den Mumm, so über ihre Gefühle zu sprechen.

Ihr eigener Standpunkt war etwas komplizierter. Nachdem Skye die Sattelkammer verlassen hatte, hatte sie immer noch das Gefühl, nicht zu wissen, wo ihr der Kopf stand. Sie liebte Alex. Sie liebte ihre Mutter. Sie liebte ihr Zuhause in Willow Creek. Aber so einfach, wie es sich anhörte, war es nicht. In letzter Zeit schien sie auf Schritt und Tritt verlockenden Alternativen, neuen, interessanten Leuten und fremden Lebensstilen zu begegnen, von deren Existenz sie noch vor zwei Monaten nicht einmal etwas geahnt hatte. In gewisser Hinsicht wäre es besser gewesen, wenn sie sie nie kennen gelernt hätte. Sie konnte sich jedoch nicht dazu durchringen, sich das ernsthaft zu wünschen. Natürlich hätte sie eine oder zwei Wochen bei ihrem Vater verbringen und dann in ihr gemütliches, gewohntes Leben in Willow Creek zurückkehren können. Damit wäre sie auf Nummer sicher gegangen, wie Skye es ausgedrückt hätte. Doch das wäre ein Fehler gewesen, denn dann hätte sie so vieles verpasst – nicht zuletzt, dass Skye ihr von seinen Gefühlen erzählt hatte.

Sie seufzte und nahm ein schmutziges Zaumzeug vom Haken in der Hoffnung, sich durch Arbeit abzulenken.

Warum musste das Leben ihr dauernd so schwierige Entscheidungen abverlangen?

Elftes Kapitel

»Jenny, wenn du Probleme hast, mit uns Schritt zu halten, können wir uns auch später wieder treffen«, schlug Jeremiah beiläufig vor.

Jenny bedachte ihn mit einem finsteren Blick. »Ich hätte keine Probleme, wenn ihr nicht jedes Mal lossprinten würdet, sobald ich mir ein Schaufenster ansehe.«

Laura kicherte. »He, Jenny, seit wann stehst du so auf Schaufenster?«

Jenny antwortete nicht. Sie war verschwitzt, müde und verärgert. Jetzt war sie endlich auf dem Rodeo Drive, der berühmten Einkaufsstraße von Los Angeles – die sie nicht sehr beeindruckend fand –, und verschwendete ihre ganze Energie darauf, Jeremiah und Laura nicht aus den Augen zu verlieren. Jeremiah legte es offenbar darauf an, sie abzuhängen, und Laura merkte es nicht einmal. Jenny vermutete, dass ihre Freundin so fest entschlossen war, aus diesem romantischen Nachmittag eine Erinnerung fürs Leben zu machen, dass sie ihr Gehirn abgeschaltet hatte. Das war die einzige Erklärung, denn andernfalls hätte sie die gemeinen Blicke, die Jeremiah ihr zuwarf, längst gesehen und auch die spitzen Bemerkungen gehört, die er jedes Mal machte, wenn er den Eindruck hatte, dass Laura nicht zuhörte.

Jeremiah machte einen neuen Versuch. Er packte Laura am Ellenbogen und zog sie mit sich in eine Boutique. Jenny verdrehte die Augen und folgte ihnen, so schnell sie konnte, musste im Eingang aber einen Moment warten, um eine ältere Dame vorbeizulassen. Sie konnte es sich nicht leisten, zu langsam zu sein. Sie traute Jeremiah ohne weiteres zu, mit Laura in einer Umkleidekabine zu verschwinden oder sich durch die Hintertür davonzumachen. Leider traute sie auch Laura zu, ihm willenlos zu folgen, ohne auch nur zu merken, dass Jenny nicht mehr bei ihnen war.

Jenny wusste, dass Laura den ganzen Sommer hart gearbeitet hatte. Laura liebte die Arbeit mit den Pferden, doch nicht einmal sie konnte sie als ruhmreich oder romantisch bezeichnen. Aus diesem Grund war Jenny durchaus bereit, ihr ein wenig Freiheit zu lassen, wenn sie unbedingt mit einem gut aussehenden Filmstar flirten musste. Doch nach allem, was Skye ihr erzählt hatte, wollte sie nicht, dass diese kleine Romanze zu weit ging. Aus diesem Grund hatte sie sich den beiden angeschlossen und Jeremiahs widerwärtiges Verhalten mit zusammengebissenen Zähnen ertragen.

Jenny suchte in der Boutique nach Lauras dunklem Lockenkopf. Der Laden war nicht sehr groß und auch nicht sehr voll, doch Laura oder Jeremiah war nirgendwo zu sehen.

Jenny runzelte die Stirn. So weit sie sehen konnte, gab es nur eine Tür, und wenn die beiden an ihr vorbeigegangen wären, hätte sie sie gesehen. Wo also steckten sie?

»Umkleidekabinen«, murmelte sie, als sie ein Schild mit einem Pfeil entdeckte. Sie hastete in den hinteren Teil des Geschäfts, doch alle Kabinen waren leer.

Jenny kehrte in den Verkaufsraum zurück. Abgesehen von den Verkäuferinnen war keine Menschenseele zu sehen. Sie nagte an ihrer Unterlippe. Was sollte sie jetzt tun?

Sie rannte zur Tür und sah hinaus. Menschen schlenderten über den Bürgersteig und die Nachmittagssonne beschien die Szenerie, doch Jenny konnte Laura nirgends entdecken.

»Das hat mir gerade noch gefehlt«, murmelte sie gereizt. Sie holte den Zettel aus der Tasche ihrer Jeans, auf dem Adresse und Telefonnummer von Julias Vater standen. Sie konnte Evelyn anrufen und sie bitten, sie abzuholen. Oder sie konnte Julia am Drehort anrufen – sie würde bestimmt zu ihrer Rettung kommen, egal wie viel Zeug sie noch zu putzen hatte.

Jenny seufzte abgrundtief. So verlockend der Gedanke auch sein mochte, sie konnte Laura nicht mit diesem Kerl allein lassen. Sie benahm sich zurzeit nicht gerade vernünftig und sie hatte kaum Erfahrungen mit Männern. Sie wusste nicht, wie hinterhältig manche von ihnen sein konnten, und außerdem war sie durch Jeremiahs Aussehen so geblendet, dass sie nicht einmal merkte, was für eine Kröte er war.

Jenny sah die Straße hinunter, erst in die eine Richtung, dann in die andere. Es kam ihr vor, als müsste sie zwei verliebte Nadeln in einem Heuhaufen suchen. Aber irgendwo musste sie damit anfangen.

»Ich würde den Weg einschlagen, den wir gekommen sind«, dachte sie. »Wenn Jeremiah auch nur halb so gerissen ist, wie ich vermute, wird er das tun, weil er denkt, dass ich nicht damit rechne.« Sie lächelte grimmig und setzte sich in Bewegung. »Und wenn das der Fall ist, wird er schon bald merken, dass ich nicht so leicht zu übertölpeln bin wie die arme Laura!«

Sie hastete die Straße hinunter und suchte in den Menschenmassen nach bekannten Gesichtern. Außerdem sah sie in jedes Geschäft.

Trotz ihrer sorgfältigen Suche hätte sie sie beinahe übersehen. Sie war schon fast an der Bank am Straßenrand vorbeigegangen, als sie sie entdeckte. Die beiden bemerkten sie nicht. Das lag daran, dass sie sich in den

Armen lagen und sich leidenschaftlich und mit geschlossenen Augen küssten.

Bei Jennys lautem Schnaufer der Überraschung schreckte Laura auf und befreite sich aus Jeremiahs Umarmung. »Jenny!«, rief sie.

Auch Jeremiah schaute auf. »Jenny«, sagte er entnervt.

Jenny fiel auf, dass er mit einer Hand immer noch Lauras Rücken streichelte. Es war ihr peinlich, die beiden gestört zu haben, zumal Laura sich offensichtlich darüber ärgerte. Doch allzu schuldig fühlte sie sich nicht mehr, als sie Jeremiah ins Gesicht sah und dort den Ausdruck reiner Bosheit entdeckte. Jenny schauderte. Was immer Laura darüber dachte, Jenny war jetzt sogar heilfroh, dass sie die beiden gestört hatte. Es war längst klar – zumindest ihr –, dass Skye Recht hatte. Fernsehstar oder nicht – Jeremiah Jamison war ein Ekel. Sie war nur froh, dass sie und ihre Freundinnen ihn nie wieder sehen mussten, sobald diese Reise vorüber war.

»Außer natürlich im Fernsehen«, fügte sie in Gedanken hinzu.

»Oh, hallo«, sagte sie verlegen. »Ich habe nach euch gesucht.«

»Das ist unübersehbar«, sagte Jeremiah voller Verachtung. Plötzlich nahm er seinen Arm von Lauras Rücken und stand auf. Jenny funkelte ihn wütend an.

Sie hatte es satt, so zu tun, als wüsste sie nicht, worum es ihm ging.

Auch Laura sprang auf. »Es tut mir Leid, dass wir getrennt wurden, Jenny«, sagte sie verlegen, offenbar in der Hoffnung, zwischen Jeremiah und Jenny zu vermitteln. »Wir dachten uns, wir warten hier, bis du uns wieder eingeholt hast. Stimmt's, Jeremiah?«

Jeremiah bedachte Laura nur mit einem eisigen Blick. »Mir doch egal«, murmelte er. »Man sieht sich.« Dann marschierte er los.

Lauras Unterkiefer klappte herunter. »Warte!«, rief sie unsicher. »Was ist mit der Stadtrundfahrt? Du hast doch versprochen ...« Sie sprach nicht weiter, denn Jeremiah war bereits von den Menschenmassen verschluckt worden. Verwirrt sah Laura Jenny an.

Jenny bedauerte sie zwar, doch irgendwie war sie auch erleichtert. »Mach dir um ihn keine Gedanken. Wir sind ohne ihn besser dran.«

»Glaubst du, dass es etwas war, das ich gesagt habe?« Laura starrte wieder in die Richtung, in der Jeremiah verschwunden war. »Ich meine, weil er so plötzlich gegangen ist.«

Jenny zuckte nur die Achseln. Das Letzte, was sie wollte, war, sich Entschuldigungen für Jeremiah auszudenken, obwohl sie den Verdacht hatte, dass Laura genau darauf hoffte. »Wer weiß? Aber wie ich schon sagte, ohne ihn sind wir besser dran.« »Wir wären alle besser dran ohne diese ganzen kalifornischen Typen, die unser Leben auf den Kopf stellen«, fügte sie im Stillen hinzu. »Warum mussten sich Julias Eltern auch scheiden lassen und warum musste ihr Vater ausgerechnet hierher ziehen?«

Sie seufzte, riss ihren Blick von Lauras erstauntem und verletztem Gesichtsausdruck los und beendete ihren Gedanken.

»Und warum sind Julia und wir bloß nicht zu Hause in Willow Creek geblieben, wo wir hingehören!«

Zwölftes Kapitel

»Es muss irgendein Missverständnis gewesen sein«, murmelte Laura später am Abend. Sie saß mit ihren Freundinnen auf der kleinen Veranda der Atwoods, betrachtete die Sterne und verdaute ein wundervolles Abendessen, bei dessen Zubereitung sie alle geholfen hatten.

»Klar, Laura«, sagte Jenny und räkelte sich faul in ihrem Gartenstuhl herum. »Das war es bestimmt.«

Laura nickte. Sie war längst davon überzeugt, dass Jeremiahs plötzlicher Abgang auf einem albernen Missverständnis beruhte. Insgeheim vermutete sie, dass Jenny auf irgendeine Art dafür verantwortlich war. Doch sie war ihr deswegen nicht böse. Es war von Anfang an deutlich gewesen, dass Jenny und Jeremiah sich nicht mochten, und das lag vermutlich daran, dass Jeremiah nicht gewollt hatte, dass Jenny mitkam. Er hatte mit ihr allein sein wollen.

Sie schloss die Augen, seufzte glücklich und gönnte sich den Luxus, in einen weiteren Tagtraum über ihren

Kuss zu versinken. Sie hatte bisher nur wenige Jungen geküsst, aber sie war sicher, dass Jeremiah der beste Küsser der Welt sein musste. Seine Arme waren so stark und doch so sanft gewesen, als er sie an sich gezogen hatte, und seine Augen hatten sie so liebevoll angesehen, als ihre Gesichter einander immer näher kamen ... Es war ein traumhafter Augenblick gewesen, von dem Laura niemals auch nur die kleinste Einzelheit vergessen wollte. Sie wusste genau, wenn sie an diesem Abend einschlief, würde sie von Jeremiah träumen.

Jenny warf Laura einen besorgten Blick zu. Ihr Gesicht hatte wieder diesen verträumten Ausdruck – den Ausdruck, der der ganzen Welt verriet, dass sie an Jeremiah dachte. Jenny gefiel dieser Ausdruck nicht im Geringsten, doch es gab kaum etwas, das sie dagegen tun konnte. Sie hatte es nicht übers Herz gebracht, Lauras Seifenblase platzen zu lassen, indem sie ihr erzählte, was Skye gesagt hatte. Zumindest aber hatte sie kurz mit Julia darüber gesprochen, als Laura vor dem Abendessen unter der Dusche stand. Doch Julia war fast genauso abgelenkt gewesen wie Laura und hatte kaum etwas zu der Unterhaltung beigetragen.

»Wir sind ja nur noch zwei Tage hier«, sagte sich Jenny. »Ich muss eben morgen ein Auge auf Laura haben.« Die beiden hatten bereits beschlossen, Julia auch am nächsten Tag zur Arbeit zu begleiten.

Auch Julia machte sich Sorgen um Laura, doch noch mehr Sorgen machte sie sich um sich selbst. In den letzten Tagen waren die merkwürdigsten Gedanken in ihrem Gehirn aufgetaucht, vor allem nach ihrer Unterhaltung mit Skye. Einer davon war, dass die Rückkehr nach Willow Creek nicht ihre einzige Wahl war. Sie wollte nicht nur mit dem Strom schwimmen, auf Nummer sicher gehen und das tun, was alle von ihr erwarteten. Wenn sie nach Willow Creek zurückging, dann nur, weil es ihre eigene Entscheidung war. Und wenn sie beschloss, bei ihrem Vater zu bleiben und das letzte Schuljahr in Kalifornien zu absolvieren – nun, dann war das eine weitere Wahlmöglichkeit, die sie in Betracht ziehen konnte.

Sie sah auf ihre Uhr. Es war neun.

»Alex, was soll ich nur tun?«, fragte sie und sah hinauf zum Mond. Sie vermisste ihn so sehr. Und sie wusste natürlich auch, wie seine Antwort lauten würde. Genau wie Skye war auch er zu voreingenommen, um ihr einen vernünftigen Rat zu geben. Dasselbe galt für ihre Freundinnen – deshalb hatte sie ihnen bisher auch noch nichts von ihren Gedanken erzählt. Sie wusste jedoch, dass sie das Thema bald anschneiden musste, denn die beiden hatten sie schon mehrmals nach dem genauen Datum ihrer Rückreise gefragt und bisher war sie ihnen die Antwort schuldig geblieben.

Julia seufzte. Sie musste ihre Entscheidung schnell treffen. Und sie musste sie allein treffen.

Als die Mädchen am nächsten Tag am Drehort eintrafen, begann Laura sofort, nach Jeremiah Ausschau zu halten. Sie wollte ihm für den gestrigen Tag danken und ihm vorschlagen, auch an diesem Abend gemeinsam auszugehen. Julia hatte etwas von einem Tanzklub am Strand erwähnt und Laura konnte sich nichts Romantischeres vorstellen, als mit ihrem Schwarm die Nacht zu durchtanzen.

Die ersten paar Stunden tauchte er nicht auf, doch sie war so damit beschäftigt, Julia bei den Pferden zu helfen, dass die Zeit verging wie im Flug. Und schließlich, als sie gerade die Hufe eines großen Fuchses säuberte, hörte sie seine Stimme.

»Was ist denn das hier, ein Selbstbedienungsstall?«, fragte er mürrisch. »Meine Szene fängt in fünfzehn Minuten an.«

Laura setzte den Huf des Fuchses ab und reckte den Kopf aus seiner Box. Jeremiah stand nur ein paar Meter von ihr entfernt, hatte die Hände in die Hüften gestemmt und funkelte Julia finster an.

»Keine Sorge, Jeremiah«, sagte Julia beruhigend. »Ich

wollte gerade das Sattelzeug holen. Jeeves wird rechtzeitig fertig sein.«

»Jeremiah!«, rief Laura, schlüpfte aus der Box und verriegelte sie hinter sich. Sie rannte durch die Stallgasse auf ihn zu, im Gesicht ein strahlendes Lächeln.

Das Lächeln verschwand, als sie merkte, dass sich sein Gesichtsausdruck nicht verändert hatte. Er sah sie mit derselben finsteren Miene an, die er auch schon Julia gezeigt hatte. »Ach, du bist es«, sagte er kalt.

Laura blieb abrupt stehen. Das war nicht die Begrüßung, mit der sie gerechnet hatte, nicht nach gestern. Nicht, nachdem seine Lippen ihre eigenen so sanft erforscht hatten. Nicht, nachdem er ihr erzählt hatte, sie wäre das schönste, netteste und interessanteste Mädchen, dem er seit langer Zeit begegnet sei.

»Äh, hallo«, sagte sie unsicher. »Wie geht es dir heute?«

Jeremiah antwortete nicht einmal. Eine große, auffallende Brünette, eine Schauspielerin, die eine der Nebenrollen spielte, kam durch die Stallgasse auf sie zu. Jeremiah betrachtete sie interessiert und ein gewinnendes Lächeln breitete sich auf seinem Gesicht aus. »Wie läuft's denn so, Erica?«, rief er, als sie näher kam.

Die Schauspielerin wirkte zunächst überrascht, fing sich aber schnell. »Hallo Jeremiah. Könnte schlimmer sein, schätze ich.«

Laura verstand das alles nicht. Sie hatte das Gefühl, die Szene, die sich vor ihren Augen abspielte, durch dichten Nebel zu betrachten, der es ihr unmöglich machte, klar zu sehen. War das wirklich derselbe Kerl, der gestern den Nachmittag mit ihr verbracht hatte? Wie konnte sich seine Einstellung zu ihr in nur einer Nacht so dramatisch verändert haben? Hatte sie etwas Schreckliches getan oder gesagt, ohne es zu merken?

»Jeremiah?«, sagte sie zögernd und blickte nervös zu Jeremiah, Erica und Julia, um schließlich nur noch Jeremiah anzusehen. Sie musste unbedingt herausfinden, was los war. Sie musste es wissen, damit sie es richtig stellen konnte. »Hast du einen Moment Zeit für mich?«

»Laura, nein!« Julias Flüstern war fast unhörbar, doch als Laura sie ansah, wirkte sie vollkommen verzweifelt. Aber warum? Was war hier los?

Jeremiah riss seinen Blick kurz von Erica los und sah Laura an. »Warum sollte ich meine Zeit mit einem Kind wie dir verschwenden?« Sein Tonfall war beiläufig, schon fast gleichgültig. Doch sein Blick verließ nie ihre Augen. Sie starrte gebannt zurück und er lächelte eiskalt. »Ach, könntest du bitte deiner Freundin Jenny meinen Dank überbingen?«

»Jenny?« Laura fühlte sich wie betäubt und bemühte sich nach Kräften, dieser merkwürdigen Unterhaltung zu folgen. »Warum?«

Diesmal war sein Lächeln eindeutig grausam. Er warf Erica und Julia einen kurzen Blick zu, um sicherzugehen, dass sie jedes Wort hören konnten. »Natürlich dafür, dass sie mich gestern gerettet hat«, sagte er. »Sofort, als wir uns geküsst haben, wusste ich, dass es ein Fehler war. Du hast mich voll gesabbert wie eine Zehnjährige, die zu viel an ihrem Kissen geübt hat.«

Die Worte trafen Laura wie ein Peitschenschlag. Ihre Augen füllten sich mit Tränen, doch sie kämpfte darum, sie wieder unter Kontrolle zu bekommen. Von weit weg hörte sie Julia nach Luft schnappen und Erica kichern, doch richtig wahr nahm sie diese Laute nicht. Sie war zu schockiert.

Julia reagierte als Erste. »Du – du miese Kröte!«, sagte sie mit zusammengebissenen Zähnen zu Jeremiah und ging mit geballten Fäusten einen Schritt auf ihn zu. »Wie kannst du es wagen, so mit ihr zu reden!«

Jeremiah ignorierte sie. Er sah Erica an und hatte sein eisiges Lächeln durch ein breites Strahlen ersetzt, bei dem man jeden seiner makellosen Zähne sah. »Tut mir Leid, dass du das miterleben musstest«, sagte er aalglatt. »Aber manchmal verliere ich wirklich die Geduld mit diesen kleinen Mädchen, die ein Nein nicht akzeptieren wollen. Das verstehst du doch sicher, nicht wahr?«

»Klar«, sagte Erica automatisch und erwiderte sein Lächeln. Sie warf Laura einen betroffenen Blick zu, doch als Jeremiah sie sanft am Ellenbogen berührte, ließ sie sich von ihm aus dem Stall führen.

Laura stand immer noch wie erstarrt und sie hatte das Gefühl, als fänden in ihrem Kopf mindestens drei Erdbeben auf einmal statt. Das Durcheinander in ihrem Kopf legte sich jedoch schnell wieder und es kristallisierten sich ein paar eindeutige Gefühle heraus: Sie war verletzt, enttäuscht, verwirrt und vor allem unendlich beschämt. Sie hatte Jeremiah für einen guten Menschen gehalten. Sie hatte ihn gemocht und ihm vertraut. Sie hatte ihn sogar geküsst. Und jetzt wusste sie, dass er sich nie etwas aus ihr gemacht hatte.

»Laura …« Julia legte ihr liebevoll einen Arm um die Schultern.

Laura schüttelte ihn ab. »Lass mich allein«, murmelte sie. Jetzt konnte ihr nicht einmal eine beste Freundin helfen. Am liebsten wäre sie in ein Loch gekrochen und nie wieder herausgekommen. Sie wollte allein sein mit ihrem Schmerz. »Ich muss gehen«, murmelte sie und drehte sich ruckartig um und in diesem Augenblick flossen die ersten Tränen. Sie hörte zwar, wie Julia ihr nachrief, doch sie rannte blindlings davon.

Durch den Tränenschleier nahm sie wahr, wie Summer Kirke aus Fancys Box kam. Die bildschöne Schauspielerin sah sie zur gleichen Zeit.

»Ach, Laura«, sagte Summer zögernd. Lauras Tränen

schienen sie zu verwirren, denn sie machte eine kurze Pause. »Ich wollte mit dir reden. Es gibt etwas, das du wissen solltest …«

Laura gab sich nicht einmal die Mühe, etwas zu erwidern. Sie rannte wortlos an Summer vorbei aus dem Stall.

Jenny war in dieser Zeit damit beschäftigt, Topsy in einem der kleinen Paddocks dazu zu überreden, so lange still zu stehen, bis eine Assistentin für Spezialeffekte eines seiner Hinterbeine mit unechtem Stacheldraht umwickelt hatte. Es klappte nicht besonders gut. Topsy scheute immer wieder vor dem harmlosen Plastikdraht und drohte sogar, nach der Assistentin zu schlagen. Die Frau, die noch sehr jung war und offenbar auch Angst vor dem gereizten Tier hatte, schaffte es nicht einmal, auch nur in die Nähe von Topsys Hinterbeinen zu kommen.

»Hör jetzt auf damit!«, sagte Jenny streng und ruckte strafend am Halfter. »Jetzt ist nicht der richtige Augenblick, um zu beschließen, dass du kein Schauspieler mehr sein willst.«

»Ich muss das Zeug bald an sein Bein bekommen«, sagte die dünne, blasse Assistentin besorgt. »Die Aufnahmen müssen im Kasten sein, bevor sich das Licht verändert. Und außerdem muss Mel ihn noch schminken.«

Jenny verdrehte die Augen. Pferdeschminke. Das war genau die Art von idiotischen Hollywood-Problemen, auf die sie gern verzichten konnte. Je mehr Zeit sie an diesem Ort verbrachte, desto weniger Geduld brachte sie für die Tricks und Künsteleien auf, ohne die diese Leute an der Westküste offenbar nicht leben konnten. Sie warf einen Blick auf den bärtigen Mann, der mit einer Palette voll roter Farbe bereitstand, um falsches Blut auf Topsys Bein zu verteilen, damit der »Unfall« auf dem Bildschirm möglichst echt aussah.

»Allmählich reicht es mir«, murmelte Jenny hörbar. »So viel könnten die mir nie bezahlen, als dass ich diesen Schwachsinn jeden Tag machen würde.«

Ihre Ungeduld wirkte ansteckend. Topsy sprang zur Seite, schnaubte empört und stampfte mit einem Vorderhuf. Die Assistentin sprang erschrocken zurück und der Mann mit der Schminke warf Jenny einen besorgten Blick zu. Jenny war klar, dass ihre schlechte Laune nicht gerade dazu beitrug, Topsy zu beruhigen, doch sie konnte nichts dagegen tun.

Sie war so damit beschäftigt, ihren Unmut zu bekämpfen und sich gleichzeitig an Topsys Halfter zu klammern, dass sie Skye erst bemerkte, als er direkt neben ihr war. »Na, macht mein edles Ross euch Schwierigkeiten?«, fragte er fröhlich.

Jenny sah ihn gereizt an. »Topsy tut nur, was alle Pferde tun würden, wenn man solchen Unsinn mit ihnen anstellt«, fauchte sie und deutete mit einer Hand auf den unechten Draht, der sich um die Hände der Assistentin ringelte.

Skye nickte nur. »Mal sehen, was wir tun können.« Er sah die Assistentin an, die seit seiner Ankunft geradezu ehrfürchtig aussah. »Soll ich es versuchen? Topsy kennt mich ganz gut. Vielleicht ist er bei mir ruhiger.«

Die junge Frau nickte stumm und reichte ihm den unechten Draht.

»Halt ihn so ruhig, wie es geht, Jenny.«

»Dein Wunsch ist mir Befehl«, entgegnete Jenny sarkastisch, gab aber trotzdem ihr Bestes. Zum Glück hatte Skyes Anwesenheit Topsy tatsächlich etwas ruhiger werden lassen. Er drehte neugierig den Kopf, als Skye über seine Seite bis hinunter zum Bein strich.

»Sagen Sie mir nur, wohin Sie den Draht haben wollen«, sagte Skye über die Schulter.

Der Assistentin gelang es, ein paar Anweisungen hervorzustoßen, und sie sah immer noch eingeschüchtert und nervös aus. Skye tat, was sie sagte, und Augenblicke später ringelte sich der Plastikdraht um Topsys Bein. Es sah ziemlich echt aus.

Skye lächelte zufrieden und klopfte Topsy liebevoll. »Siehst du, mein Junge? So schlimm war es doch gar nicht.«

Das Pferd schien seine Nervosität schon vergessen zu haben. Es reagierte nicht auf Skyes Liebkosung, sondern streckte seinen Kopf nach einem struppigen Grasbüschel aus. Die Assistentin bedachte Skye mit einem dankbaren Lächeln und zog sich zurück, als der Maskenbildner herankam, um das Hinterbein des jetzt völlig ruhigen Pferdes zu schminken.

Jenny ließ die Führleine locker, damit Topsy grasen konnte. Aus irgendeinem Grund machte es sie noch ärgerlicher, dass die lächerliche Aufgabe jetzt erledigt war. Irgendwie wurde damit ihr Verdacht untermauert, dass in Kalifornien nichts geradeheraus und ehrlich war. Es war alles nur aufgesetzt, eine Show, und das gefiel ihr immer weniger. »Sehr beeindruckend, Skye«, sagte sie gereizt. »Ist das nicht gut zu wissen: Wenn es mit der Schauspielerei nicht mehr so richtig klappt, kannst du immer noch eine neue Karriere als Fälscher von schrecklichen Reitunfällen einschlagen.«

Skye sah sie prüfend an. »Stimmt etwas nicht, Jenny?«

»Was sollte mit mir nicht stimmen?«, sagte Jenny abweisend. »Ich dachte immer, hier im fabelhaften La-La-Land stimmt einfach alles.« Sie warf ihm die Führleine zu. »Hier. Du kannst ihn genauso gut selbst halten. Deine Szene beginnt ohnehin in ein paar Sekunden.« Sie stampfte wütend davon, ohne sich noch einmal umzusehen. »Verlogen, es ist alles so verlogen«, dachte sie entrüstet. Sogar Skye erschien ihr jetzt als Teil dieses Szenarios.

Auf halbem Wege zum Stall traf sie Julia. »Jenny!«, rief sie erleichtert. »Da bist du ja. Hast du Laura gesehen?«

»Ich habe niemanden gesehen«, erwiderte Jenny scharf. »Ich hatte zu viel mit deinen Hollywood-Kumpels zu tun. Hier sind sogar die Pferde überspannt.«

Julia schien nicht zuzuhören. »Wir müssen sie unbedingt finden«, drängte sie. »Sie ist gerade Jeremiah begegnet und …«

Jenny unterbrach sie harsch. »Dann braucht sie uns ganz bestimmt nicht. Drei sind eine Menschenmenge – das habe ich gestern gelernt. Und ich bin nicht scharf darauf, wieder das dritte Rad am Wagen zu spielen.«

»Nein, du verstehst nicht …« Genau in diesem Augenblick rief jemand nachdrücklich Julias Namen. »Oh-oh. Das ist Rick.« Julia biss sich auf die Lippe. »Jenny hör zu. Du musst …«

Wieder ließ Jenny sie nicht ausreden. »Du solltest lieber gehen«, sagte sie grob. Sie konnte nicht vergessen, dass Julia an allem Schuld hatte. Wenn sie sich durchgesetzt und sich geweigert hätte, den ganzen Sommer in Kalifornien zu verbringen, wie Jenny selbst es auf jeden Fall getan hätte, dann wäre jetzt alles anders. Zum Beispiel wäre sie dann nicht an diesem schicksalhaften, verregneten Nachmittag vom Flughafen zurückgefahren. Sie hätte nie diesen Unfall gehabt. Fez würde noch leben, Callie wäre so gesund wie immer und Scott würde sie nicht hassen ...

Sofort, als sie diesen Gedanken zu Ende gedacht hatte, überschwemmte sie ein enormes Schuldgefühl. Sie konnte Julia nicht die Schuld an dem Unfall geben, das wusste sie ganz genau. Das war genauso dumm, wie sich selbst die Schuld zu geben. Da sie nicht wollte, dass Julia merkte, was in ihr vorging, zwang sie sich ein Lächeln aufs Gesicht. »Tut mir Leid. Ich bin heute ein bisschen reizbar.« Die Entschuldigung hörte sich selbst für sie etwas fadenscheinig an.

Doch Julia schien es nicht zu bemerken. »Du musst Laura finden«, sagte sie eindringlich. »Jeremiah hat sie gerade abserviert und sie hat es sich furchtbar zu Herzen genommen.«

»Was?« Jenny hörte, wie Rick wieder nach Julia rief, doch sie ignorierte ihn, genau wie Julia es tat. »Was ist passiert?«

Julia berichtete ihr schnell, was sich zwischen Jeremiah und Laura abgespielt hatte. »Sie ist weggerannt, bevor ich sie aufhalten konnte, und dann musste ich Jeeves fertig machen, und als ich damit fertig war ...«

»Schon gut.« Jenny wusste, dass ihnen nicht mehr viel Zeit blieb, denn Ricks Rufe wurden immer lauter. »Wo ist sie jetzt?«

»Ich weiß es nicht. Sie ist auf das kleine Waldstück zugelaufen.«

Jenny nickte knapp. »Ich finde sie«, versicherte sie Julia.

Julia sah sie dankbar an. »Ich komme nach, sobald ich kann.« Dann rannte sie in die Richtung, aus der Ricks Stimme kam.

Jenny schlug die entgegengesetzte Richtung ein und wurde immer wütender. »Was glaubt dieser Jeremiah Jamison, wer er ist?«, dachte sie hasserfüllt. »Er ist noch blöder als der Rest von diesem hochnäsigen Hollywood-Gesocks. Nur weil er im Fernsehen zu sehen ist, bildet er sich ein, etwas Besseres zu sein. Er glaubt wohl, er kann tun und lassen, was er will.«

Sie war so wütend, dass sie Matthew Reeves beinahe übersehen hätte. Er stand vor Conejos Box und sah in seinen abgewetzten Jeans und den Cowboystiefeln ausnehmend männlich aus.

Als er sie entdeckte, lächelte er ihr freundlich zu. »Hallo Jenny. Wie geht's?«

Trotz ihrer schlechten Laune, die sich seit Julias

Bericht über Laura und Jeremiah noch verschlechtert hatte, stellte ein kleiner, noch vernünftiger Teil in ihrem Gehirn überrascht fest, dass Matthew tatsächlich ihren Namen wusste. Außerdem stellte dieser Teil ihres Gehirns auch noch fest, wie gut seine Stimme klang und dass seine blaugrünen Augen sogar im gedämpften Licht des Stalls noch leuchteten. Doch Jenny hatte nicht vor, sich in Laura zu verwandeln und sich jedem gut aussehenden Kerl vor die Füße zu werfen. Soweit es sie betraf, konnte Matthew ein ebensolcher Idiot sein wie Jeremiah, egal, was Skye über ihn gesagt hatte.

Matthew schien immer noch auf eine Antwort zu warten. »Du willst wissen, wie es mir geht?«, fauchte Jenny. »Danach solltest du lieber nicht fragen, wenn du es nicht *wirklich* wissen willst.«

»Das ist nur fair«, sagte Matthew gelassen. »Ich will es wirklich wissen, aber nur, wenn du es mir *wirklich* sagen willst.«

Jenny wusste nicht, was sie darauf erwidern sollte, und sie hatte keine Zeit, lange darüber nachzudenken. Sie musste Laura finden. Also stieß sie nur einen empörten Schnaufer aus und rannte ohne ein weiteres Wort an Matthew vorbei.

Sie sah sich nicht um, doch sie stellte sich vor, dass sich seine unglaublichen Augen direkt in ihren Rücken bohrten. Absichtlich behielt sie ihr Tempo bei, bis sie außer Sichtweite war. Dann spurtete sie um eine Kurve und prallte fast mit Summer Kirke zusammen, die aus der anderen Richtung kam.

»Huch!«, rief Summer aus und sprang gerade noch rechtzeitig aus dem Weg. »Entschuldige.«

Jenny wusste, dass der Beinahe-Zusammenstoß auf ihr Konto ging, doch das war ihr egal. Wohin sie auch ging, überall stand ihr jemand im Weg herum. »Kannst du nicht aufpassen?«, fauchte sie wütend. »Oder haben Stars hier immer Vorfahrt?«

Jenny hatte die Worte kaum ausgesprochen, als sie sie auch schon bereute. Schlechte Laune und Eile hin oder her, Summer so hart anzufahren, war auf jeden Fall ein Fehler gewesen. Wahrscheinlich würde die überempfindliche junge Frau jetzt ins Koma fallen oder zumindest wieder einen grässlichen Gefühlsausbruch haben, um den Jenny sich kümmern musste. Und dafür hatte sie im Moment wirklich keine Zeit.

»Es tut mir Leid, Summer«, sagte sie, so freundlich sie konnte. »Das wollte ich nicht sagen. Es ist nur so, dass ich schlechte Laune habe, und ...«

Sie unterbrach sich, weil ihr klar wurde, dass Summer überhaupt nicht zuhörte. Sie blickte sich hektisch um und sah besorgt und etwas verstört aus, aber nicht so hysterisch, wie Jenny befürchtet hatte.

Schließlich sah sie Jenny an und merkte offenbar erst

jetzt, dass Jenny etwas gesagt hatte. »Entschuldige bitte. Ich war mit meinen Gedanken woanders. Was hast du gesagt?«

»Nichts«, sagte Jenny erleichtert. Das war knapp gewesen. »Und jetzt muss ich gehen …«

»Warte.« Summer hob eine Hand und sah sie flehentlich an. »Ich muss unbedingt mit dir reden. Es geht um deine Freundin Laura.«

Jenny runzelte misstrauisch die Stirn. »Und was kommt jetzt?«, fragte sie sich. Ihr erster Gedanke war, Summer einfach stehen zu lassen und weiterzusuchen, doch sie wollte keinen der berüchtigten Panikanfälle bei der jungen Frau auslösen. Außerdem wusste sie vielleicht, wo Laura war. »Was ist mit ihr?«, fragte sie argwöhnisch.

Summer berührte leicht ihren Arm. »Komm hier herein, wo wir reden können.« Sie deutete auf eine leere Box. Jenny folgte ihr zögernd und fühlte sich in der engen Box gefangen.

»Also, was ist das große Geheimnis?«, fragte sie.

Summer holte tief Luft. »Ich wollte bisher nichts sagen«, begann sie. »Ich dachte, es ginge mich nichts an. Aber du musst wissen, dass Jeremiah nicht der nette Kerl ist, der zu sein er vorgibt.«

»Der Ansicht scheint wohl jeder zu sein.« Jenny dachte wieder an das, was Skye ihr am Vortag erzählt hatte, an Jeremiahs unverschämtes Benehmen ihr gegenüber und an das, was sie gerade von Julia erfahren hatte. »Er ist also eine Kröte. Na und?«

Summer schüttelte den Kopf. Als sie weitersprach, klang ihre Stimme deutlich fester. »Er ist mehr als nur eine Kröte. Und mir ist aufgefallen, wie er und Laura sich angesehen haben, und deshalb …«

Jenny hatte nicht die Absicht, Summer zu gestehen, dass Lauras Blitzromanze bereits ein Ende gefunden hatte. »Laura war die letzten Tage nicht sie selbst«, unterbrach sie Summer. »Sie versucht nur, ein bisschen Spaß zu haben, solange wir hier sind.«

»Aber sie hat sich den falschen Mann zum Spaßhaben ausgesucht.« Summer biss sich auf die Lippe. »Jeremiah ist ein furchtbarer Mensch. Ich weiß das.«

In Jenny erwachte das erste Fünkchen Interesse. Vielleicht erfuhr sie von Summer etwas Brauchbares, etwas, das ihr half, Laura davon zu überzeugen, dass Jeremiah weder Tränen noch Selbstvorwürfe wert war. »Tatsächlich?«, sagte sie betont gleichgültig. Sie wollte Summer nicht durch ihre Neugier einschüchtern. »Wie meinst du das?«

Summer senkte den Blick. »Jeremiah und ich haben letztes Jahr zusammen an einem Mehrteiler gearbeitet«, sagte sie so leise, dass Jenny sich anstrengen musste, sie zu verstehen. »Er hat mir vom ersten Tag an nachgestellt. Er hat sich aufgeführt, als wäre ich die einzige Frau auf der ganzen Welt …« Sie seufzte. »Wir sind schließlich ein paar Monate zusammen gewesen.«

Jenny nickte. Dieser Teil kam ihr bekannt vor. »Ja?«, sagte sie neugierig.

»Es ging nicht gut.« Summer zögerte wieder und hielt den Blick immer noch gesenkt. »Ich habe versucht, mit ihm Schluss zu machen. Aber Jeremiah wollte unsere Beziehung nicht beenden. Er …, er hat etwas über mich herausgefunden. Ein schreckliches privates Geheimnis, das nie jemand erfahren sollte. Er hat gedroht, sich damit an die Presse zu wenden, wenn ich unsere Beziehung abbreche.«

Jennys Beunruhigung wuchs. Das war noch schlimmer, als sie erwartet hatte. Summer hatte Recht – Jeremiah war viel mehr als nur eine unsensible Kröte.

»Aber das ist Erpressung«, sagte sie. »Und welcher Blödmann würde schon mit einer Frau zusammenbleiben wollen, die ihn nicht mehr leiden kann?«

Summer schüttelte den Kopf. »Es war ihm egal, ob wir wirklich zusammen waren oder nicht«, erklärte sie. »Er wollte nur, dass wir uns vor der Öffentlichkeit als Paar ausgeben. Du weißt schon, wegen der Publicity.«

»Oh!« Jetzt wurde Jenny alles klar. Summer war schon viele Jahre ein Star und oft im Kino und im Fernsehen zu bewundern. Jeremiah hatte es offenbar für einen klugen Schachzug gehalten, wenn man seinen unbekannten Namen mit ihrem verband.

»Ich habe ihm vertraut.« Summers Augen wurden feucht. »Ich habe ihm vertraut und er hat mich auf die schlimmste Weise betrogen. Er kann so grausam sein … Er droht mir noch heute damit, mein Geheimnis zu verraten. Ich habe furchtbare Angst, dass er mich wieder zwingt, mit ihm öffentlich aufzutreten, wo wir doch jetzt wieder am selben Projekt arbeiten.« Sie schloss einen Moment die Augen, um ihre Fassung wiederzugewinnen. Dann schlug sie sie wieder auf und sah Jenny an. »Ich wollte deine Freundin nur warnen, damit sie nicht denselben Fehler macht wie ich. Ich hatte bisher noch keine Gelegenheit, sie allein zu sprechen, und deshalb sage ich es jetzt dir.«

Jenny schluckte. »Ich war Laura eine schöne Freundin«, dachte sie schuldbewusst. »Ich hätte es kommen sehen müssen.« Sie fühlte sich schrecklich. Summers Warnung war zu spät gekommen und jetzt konnte Jenny nur noch eines tun: die Scherben aufsammeln.

Sie sah Summer an und überlegte, ob sie ihr erzählen sollte, was passiert war. Schließlich beschloss sie, dass Summer die Wahrheit verdient hatte. »Kannst du ein Geheimnis für dich behalten?« Als Summer nickte, erzählte Jenny ihr alles, was sie von Julia erfahren hatte.

Als sie alles berichtet hatte, fragte sie sich allerdings,

ob es ein Fehler gewesen war, Summer dieses Geheimnis anzuvertrauen, denn ihre Augen waren wieder voller Tränen.

»Er ist gerissen«, sagte sie verbittert. »Er weiß genau, wie er den schwachen Punkt einer Frau finden und ihn gegen sie einsetzen kann.«

Diese Bemerkung brachte Jenny auf einen Gedanken. »Was hat er eigentlich gegen dich in der Hand?«, stieß sie hervor, noch bevor sie wusste, was sie da sagte. »Was kann so schrecklich sein?«

Kaum, dass sie es gesagt hatte, schoss ihr auch schon eine Million möglicher Antworten durch den Kopf. Sie kannte Summer nicht. Es war durchaus möglich, dass sie jemanden ermordet hatte. Vielleicht war sie auch alkohol- oder drogensüchtig. Vielleicht waren ihr Vater, ihre Tante und ihr Cousin Spione, Mitglieder der Mafia oder Elfenbeinschmuggler. Doch was auch immer es war, es ging Jenny absolut nichts an.

Einen Moment lang war sie überzeugt, dass Summer ihre aufdringliche Frage nicht beantworten würde. Doch nach einer längeren Pause sah die Schauspielerin ihr in die Augen. »Du hast mir vertraut und deshalb werde ich dir auch vertrauen«, sagte sie leise. »Wenn Jeremiah mich nicht mehr braucht, wird er es wahrscheinlich ohnehin der ganzen Welt erzählen.« Sie zögerte wieder. »Ich … ich hatte nicht immer dieses Gesicht.«

»Wie meinst du das?« Jenny war verwirrt. Bilder von futuristischen Gesichts-Transplantationen fuhren ihr durch den Kopf.

Summer schluckte nervös. »Ich habe mich operieren lassen, als ich etwas jünger war, als du es jetzt bist.« Sie tippte sich mit einem perfekt manikürten Finger leicht gegen die Nase. »Es war meine Nase. Ich habe sie richten lassen.«

Jenny nickte und wartete auf mehr, doch mehr kam nicht. »Und was ist dann passiert?«, fragte Jenny schließlich.

»Es war alles meine Schuld.« Summer schüttelte den Kopf und eine Träne rann aus einem ihrer blauen Augen. »Ich hätte alle Fotos von der alten Nase vernichten sollen. Aber ich habe ein paar aufgehoben und Jeremiah hat sie eines Tages in meiner Wohnung gefunden. Er hat immer noch eins davon. Es ist das, das er an die Presse geben will.«

»Ist das alles?«, fragte Jenny verblüfft. Sie konnte sich zwar nicht vorstellen, sich selbst einer Schönheitsoperation zu unterziehen, aber an ihrer Schule gab es einige, die sich die Nase hatten richten lassen. Das war in Willow Creek schon nichts Besonderes, geschweige denn in Hollywood, wo solche Operationen doch sicherlich an der Tagesordnung waren. »Und das ist dein schreckliches Geheimnis?«

Summer nickte schniefend. »Ich weiß nicht, was ich tun soll, wenn er seine Drohung wahr macht. Das würde das Ende meiner Karriere bedeuten!«

Das konnte Jenny sich nicht vorstellen. »Bist du sicher?«, fragte sie so taktvoll es ging. »Ich meine, das wird dir doch bestimmt niemand vorwerfen, oder?«

»Ich weiß nicht, was ich tun soll«, wiederholte Summer verzweifelt. Sie packte Jennys Arm. »Du wirst es doch niemandem sagen, oder?«

»Natürlich nicht«, sagte Jenny sofort. Ihr Gehirn arbeitete auf Hochtouren. Es war eindeutig, dass diese Geschichte für Summer zu einer fixen Idee geworden war, die ihr das ganze Leben verdarb. »Aber ich möchte dir etwas vorschlagen, Summer. Glaubst du wirklich, dass es so schlimm wäre, wenn die Leute es erführen? Manchmal sind Geheimnisse gar nicht mehr so schrecklich, wenn man sie preisgibt. Vielleicht wärst du sogar glücklicher, wenn es bekannt würde.«

Summer krallte die Finger in Jennys Arm. »Du darfst es nicht sagen!«, schluchzte sie. »Bitte, ich habe dir vertraut!«

Jenny verstand allmählich, wie Summer in diese ganze Katastrophe hineingeraten war. Und ihr wurde auch klar, dass sie ihr niemals begreiflich machen konnte, dass die Welt nicht unterging, wenn sie ihr Geheimnis lüftete. »Wie wäre denn das?«, fragte sie und schlug damit einen anderen Weg ein. »Du könntest versuchen, ihn ebenfalls zu erpressen.«

»Was?« Summer sah sie verwirrt an.

»Du könntest ihm damit drohen, dass du sein Geheimnis verrätst, wenn er deines bekannt gibt. Du drohst ihm einfach damit, allen zu sagen, dass er nicht der nette Kerl ist, den er im Fernsehen und vor den Reportern spielt, sondern in Wirklichkeit eine fiese, hinterhältige Ratte.«

Summer machte große Augen. »Das könnte ich nie tun«, protestierte sie schwach. Allein die Idee entsetzte sie. »Was wäre, wenn mir niemand glaubt? Dann würden mich alle für ein gemeines Biest halten.«

»Aber was kannst du denn sonst tun?«, fragte Jenny, der die Passivität der jungen Frau allmählich auf die Nerven ging. »Du kannst dich doch nicht von ihm erpressen lassen. Vor allem dann nicht, wenn du damit rechnen musst, dass jetzt alles von vorn anfängt.«

Summer wendete ihren Blick ab. »So schlimm ist es gar nicht. Es sind ja nur ein paar öffentliche Auftritte. Und im Moment habe ich ohnehin keinen festen Freund. Außerdem wird er mich bestimmt in Ruhe lassen, sobald er jemanden gefunden hat, der ihm noch nützlicher ist.«

So viele lahme Ausreden auf einmal hatte Jenny noch nie gehört. Sie hasste den Gedanken, dass sich eine

Schlange wie Jeremiah ausgerechnet ein so wehrloses Opfer wie Summer ausgesucht hatte. Summer brauchte Hilfe und einen Moment lang überlegte Jenny ernsthaft, ob sie versuchen sollte, ihr diese Hilfe zu geben. »Das ist genau die Art von Problem, auf das sich der Sattelclub in der guten alten Zeit gestürzt hätte«, dachte sie und erinnerte sich an den Club, den sie, Julia und Laura gegründet hatten, kurz nachdem sie sich kennen gelernt hatten.

Doch bei dem Gedanken an Laura wurde ihr bewusst, dass sie zurzeit etwas Wichtigeres zu tun hatte. Außerdem war Summer erwachsen. Sie war alt genug, um allein mit ihrem Leben fertig zu werden. Jenny hatte mit ihren eigenen Problemen und denen ihrer Freundinnen mehr als genug zu tun. Nach einigen weiteren beruhigenden Worten entschuldigte sie sich, ließ Summer mit ihren Sorgen allein und machte sich wieder auf die Suche nach Laura.

Dreizehntes Kapitel

»Ich kann immer noch nicht glauben, dass ich so dumm war.« Laura seufzte laut und zupfte an der abblätternden Farbe des Gartenstuhls. »So viel zu meiner grandiosen Hollywood-Romanze!«

Jenny sah sie von ihrem Platz auf der anderen Seite der kleinen Veranda aus an. Die drei hatten gerade in ziemlich gedrückter Stimmung zu Abend gegessen und danach hatten Mr Atwood und Evelyn sie aus der Küche gescheucht. Das bot den dreien die Gelegenheit, die Diskussion weiterzuführen, die sie auf dem Heimweg vom Drehort begonnen hatten.

»Versuch, es nicht persönlich zu nehmen«, riet Julia. »Es hätte jeder passieren können. Jeremiah hat in diesem Sommer schon mehr Herzen gebrochen, als du dir vorstellen kannst.«

Laura bedachte sie mit einem gequälten Blick. »Das hilft mir auch nicht weiter.«

Jenny rutschte unruhig auf ihrem Stuhl herum. Laura war zwar nicht mehr so hysterisch wie in dem Moment, als Jenny sie gefunden hatte, doch vollkommen beruhigt hatte sie sich noch nicht wieder. Jenny war überzeugt, dass es ihr bestimmt nicht half, auf der Veranda herumzusitzen und immer wieder an ihre kurze Beziehung mit Jeremiah zu denken. Jennys Laune verbesserte es jedenfalls nicht. »Es ist noch früh«, sagte sie. »Warum gehen wir nicht aus? Gibt es nicht irgendwo eine Filmpremiere oder eine Party, zu der wir gehen können?«

Julia dachte nach. »Nicht direkt«, sagte sie. »Aber ein paar Leute vom Set haben erwähnt, dass sie heute in den Pacific Club gehen wollten. Das ist ein toller Tanzklub am Strand.« Sie lächelte. »Skye hat mich in der ersten Woche dorthin eingeladen und ich war seitdem schon ein paar Mal dort. Das war klasse.«

Jenny versuchte, die Tatsache, dass Skye und Julia zusammen tanzen gegangen waren, aus ihrem Kopf zu verdrängen. Darüber konnte sie sich auch später Sorgen machen. Jetzt kam es nur darauf an, Laura von ihrem Elend abzulenken. »Klingt gut«, sagte sie und stand auf. »Lasst uns gehen.«

Laura sah nicht begeistert aus. »Ich bin wirklich nicht in der Stimmung«, protestierte sie. »Eigentlich wollte ich früh ins Bett gehen und diesem schrecklichen Tag ein Ende setzen.«

Jenny packte sie am Arm und zerrte sie auf die Füße. »Das kannst du vergessen. Jeremiah ist es nicht wert, dass man seinetwegen Trübsal bläst. Wir gehen mit dir aus und helfen dir, ihn zu vergessen!«

Kurz darauf waren die drei oben in Julias Zimmer und zogen sich um. Jennys anfängliche Begeisterung hatte sich ein wenig gelegt – vor allem, weil ihr die Tatsache, dass Julia in diesem Haus ein eigenes Zimmer hatte, immer noch nicht gefiel.

Sie sah zu, wie Julia ein knappes Top überstreifte, dessen Halsausschnitt mit einer Reihe kleiner Perlen besetzt war. »He, vielleicht war das doch keine so gute Idee«, sagte sie. »Als ich für diese Reise gepackt habe, war mir nicht klar, dass ich auch meinen feinsten Zwirn brauchen würde. Ich habe gar nichts anzuziehen.«

Julia verdrehte die Augen. »Was du da anhast, ist doch in Ordnung«, sagte sie und deutete mit einem Kopfnicken auf Jennys Jeansrock und das türkisfarbene T-Shirt. »Und wenn es gar nicht anders geht, bestechen wir eben den Türsteher.«

»Seht mal!«, rief Julia, um das Dröhnen der Musik zu übertönen. »Da sind Skye und Matthew und die Jungs!«

Laura drehte sich um und sah eine kleine Gruppe von den Fernsehleuten in den Klub gehen. Sie seufzte und versuchte, sich vor Jenny und Julia nichts anmerken zu lassen. Jetzt, wo noch mehr Leute da waren, die sie kannten, würden die beiden wahrscheinlich noch länger bleiben wollen. Laura hätte am liebsten schon bei ihrer Ankunft kehrtgemacht. Es war jedoch nicht so, dass ihr der Klub nicht gefiel. Wären sie zwei Tage früher dorthin gegangen, wäre sie begeistert gewesen. Die Musik war gut und laut, die Leute interessant und sogar die Snacks schmeckten. Und die Aussicht auf den Pazifik war das Allerbeste.

Doch an diesem Abend konnte Laura sich an all dem nicht erfreuen. Sie waren kaum fünf Minuten da, als auch schon der erste Junge an ihren Tisch kam und sie zum Tanzen aufforderte. Laura war sich sicher, dass ihre Freundinnen nicht verstanden, warum sie ihm einen Korb gab, genau wie den beiden, die danach kamen. Sie hatte Jenny und Julia nur gesagt, dass sie mehr Lust dazu hatte, mit ihnen am Tisch zu sitzen. Doch sie hatte die besorgten Blicke gesehen, die die beiden wechselten, als sie dachten, sie merkte es nicht.

Laura wusste die Besorgnis ihrer Freundinnen zu schätzen. Doch sie hatte keine Ahnung, wie sie ihnen erklären sollte, was sie empfand. Sie war nicht in Jeremiah verliebt gewesen – ganz und gar nicht. Aber sie hatte ihm vertraut. Das war ein Fehler gewesen und sie war entschlossen, diesen Fehler kein zweites Mal zu machen.

Jenny beobachtete mit gemischten Gefühlen, wie sich

Skye und die anderen einen Weg durch die Tänzer bahnten und auf ihren Tisch zusteuerten. Sie sah Julia und Skye gar nicht gern zusammen in diesem Klub. In dieser Umgebung konnte alles Mögliche passieren.

Doch andererseits freute sie sich auch, sie zu sehen. Vielleicht konnten sie ihr und Julia helfen, Laura wieder munter zu machen, die seit dem Erlebnis mit Jeremiah ganz offensichtlich Hemmungen hatte. Jenny gefiel es gar nicht, ihre Freundin so deprimiert zu sehen – zumal Laura, was Jungen betraf, ohnehin eine Spätentwicklerin war –, und sie hoffte, dass sie ihre Niedergeschlagenheit bald überwinden würde.

»Hallo Mädels. Was geht ab?«, rief Skye, holte sich einen Stuhl und setzte sich zwischen Jenny und Laura. Matthew stellte seinen Stuhl auf Jennys andere Seite und die anderen jungen Männer verzogen sich auf die Tanzfläche oder an die Bar.

»Nicht viel«, erwiderte Julia. »Wir warten nur auf ein paar coole Typen, die mit uns tanzen wollen.«

Jenny runzelte die Stirn. Natürlich wusste sie, dass Julia nur mit Skye und Matt herumalberte, doch es gefiel ihr trotzdem nicht. Für ihren Geschmack hörte es sich zu sehr nach echtem Flirten an. »Eigentlich haben wir gerade die kalifornische Tanzmusik mit normaler Musik verglichen«, unterbrach sie lautstark, damit die beiden jungen Männer aufhörten, Julia anzustarren. »Und wir haben entschieden, dass die kalifornische Musik so bekloppt sein muss, damit keiner merkt, dass die Leute hier nicht tanzen können – nicht einmal, wenn ihr Leben davon abhinge.«

Skye sah Matthew grinsend an. »Nimm sie nicht allzu ernst«, scherzte er. »Das ist typischer Ostküstenhumor.«

Matthew grinste und Jenny streckte Skye die Zunge heraus. Doch bevor sie sich eine passende Antwort ausdenken konnte, bemerkte sie einen großen, dünnen Jungen, der auf ihren Tisch zukam. Er steuerte direkt auf Julia zu und bat sie schüchtern und mit einer angedeuteten Verbeugung um einen Tanz.

»Klar«, sagte Julia lächelnd. »Gern. Danke.«

Jenny runzelte wieder die Stirn, als die beiden sich ein winziges freies Fleckchen auf der Tanzfläche suchten und anfingen zu tanzen. Was hatte sie hier mit fremden Jungen zu tanzen, wenn zu Hause ihr Freund auf sie wartete? Zum Glück war es ein schnelles Lied, sodass die beiden sich wenigstens nicht berührten, aber trotzdem …

Jenny war so mit ihren Gedanken über Julia beschäftigt, dass sie einen Moment brauchte, um zu merken, dass Skye gerade versuchte, Laura zum Tanzen zu überreden. Laura wollte nicht und Jenny war der Verzweiflung nah. Wenn sie nicht einmal mit Skye tanzen wollte, einem Kerl, den sie schon seit Jahren kannte und dem sie vertraute, dann hatte sie die ganze Geschichte doch tiefer getroffen, als Jenny befürchtet hatte.

Doch so leicht gab Skye nicht auf. »Na komm, nur einen Tanz. Warum soll Julia den ganzen Spaß für sich haben? Lass uns tanzen, Laura, und den anderen zeigen, wie es gemacht wird.«

Laura schüttelte den Kopf. »Nein danke, Skye. Ich bin wirklich nicht in der richtigen Stimmung. Warum tanzt du nicht mit Jenny? Ich warte so lange hier auf euch.«

»Nie im Leben«, erwiderte Skye. Er beugte sich zu ihr und flüsterte lautstark: »Ich traue Jenny nicht. Ihr Freund Phil hat mir einmal erzählt, dass sie ihm schon so oft auf die Füße getrampelt ist, dass er sie amputieren und durch künstliche ersetzen lassen musste.«

Jenny verdrehte bei diesem lahmen Scherz nur die Augen, doch Laura kicherte zögernd. »Nun ja …«, sagte sie gedehnt. Eigentlich hatte sie immer noch keine Lust zu tanzen, aber es kam ihr gemein vor, Skye abzuweisen, wenn er sich doch solche Mühe gab, sie aufzuheitern.

»Na los«, beschwor Skye sie mit einem gewinnenden Lächeln. »Ich verspreche dir auch, dass wir sofort aufhören, wenn ich dir das erste Mal auf den Fuß trete. Oder vielleicht nicht gerade beim ersten Mal. Sagen wir beim zehnten Mal, einverstanden?«

Jetzt musste Laura doch lachen. Skye war wirklich ein netter Kerl – ein richtiger Freund. Und vielleicht würde sich ihre Stimmung tatsächlich heben, wenn sie mit ihm tanzte. Sie konnte es zumindest versuchen.

»Also gut, aber nur einen Tanz«, sagte sie.

Jenny lächelte erleichtert, als Laura Skye auf die Tanzfläche folgte. So war es besser. Eine Zeit lang hatte es ausgesehen, als wollte Laura nie wieder etwas mit dem anderen Geschlecht zu tun haben. Wenn sie jetzt etwas Zeit mit jemandem verbrachte, dem sie vertrauen konnte, würde sie vielleicht begreifen, dass nicht alle Jungen so hinterhältig und gemein waren wie Jeremiah.

Matthew rutschte auf seinem Stuhl herum und Jenny wurde bewusst, dass sie nicht allein am Tisch saß. Plötzlich war sie verlegen, denn sie musste wieder an die merkwürdige Unterhaltung denken, die sie am Nachmittag mit ihm geführt hatte. Es half auch nicht gerade, dass er sie zwar freundlich, aber schweigend ansah.

»Sag mal«, sagte sie fröhlich, um ihr Unbehagen zu verbergen, »kommt ihr Jungs oft hierher?«

»Gelegentlich«, antwortete Matthew mit seiner angenehmen Stimme. »Ganz schön cool hier, oder?«

Jenny zuckte die Achseln. »Wenn man solche Läden mag.«

»Magst du solche Läden denn nicht?«

»Gelegentlich«, gab Jenny zu und wich seinem Blick

aus. »Aber ich schätze, dass man sie ziemlich schnell satt hat. So wie die ganze Stadt.«

Matthew kam ein wenig näher und sah sie neugierig und ein wenig verwundert an. »Magst du Los Angeles nicht, Jenny? Warum nicht?«

»Weil es Julia zu gut gefällt.« Das war das Erste, was sie denken musste, doch das konnte sie natürlich nicht laut sagen.

»Weil es zu unecht ist. So … so vorgetäuscht«, sagte sie stattdessen. »Jeder bemüht sich aufzufallen und alle versuchen, jemand anders zu sein.«

Matthew nickte und schwieg. Schließlich sprach er doch wieder. »Das ist aber nicht alles, was in dieser Stadt passiert, denn sonst würde sie normalen Leuten wie mir nicht so gut gefallen. Es gibt hier auch viel Erfreuliches.«

Jenny verzog das Gesicht. »Ja, ja, ich weiß. Das Wetter, die Aussicht und die Palmen, *bla, bla, bla.* Das habe ich alles schon einmal gehört. Aber es überzeugt mich nicht. Ich bevorzuge vier Jahreszeiten und normal aussehende Bäume.«

Sie hatte erwartet, dass Matthew versuchen würde, ihre Meinung zu ändern, doch er lehnte sich nur zurück. »Hm. Interessante Perspektive«, murmelte er. »Möchtest du tanzen?«

Jenny verblüffte der plötzliche Themawechsel. »Äh,

ja, warum nicht«, sagte sie. »Wenn du gern möchtest.« Sie stand auf und folgte ihm auf die Tanzfläche, doch sie hatte ein merkwürdiges Gefühl dabei. Ihre Kommentare waren ziemlich bissig gewesen, doch Matthew schien das nicht zu stören. Was ging bloß hinter seiner coolen, gut aussehenden Fassade vor sich?

Jenny gefiel das Lied, das gerade lief, und sie war eine gute Tänzerin. Sie bemerkte das anerkennende Lächeln, mit dem Matthew sie bedachte, und sie konnte nicht verhindern, dass sie zurücklächelte. Auch er war ein hervorragender Tänzer.

»Natürlich nicht so gut wie Phil«, dachte sie schnell.

Sie lächelte Matthew schüchtern an und fragte sich, ob er irgendeine Bemerkung von ihr erwartete. Normalerweise war sie nicht auf den Mund gefallen und sie überlegte, ob es diesmal vielleicht an seinen blaugrünen Augen lag, mit denen er sie unverwandt ansah.

Sie musste etwas sagen – irgendetwas –, um die Leere zwischen ihnen zu füllen. »Also, wie ich schon sagte, es spricht einiges für einen kalten Winter. Dann freut man sich, wenn es endlich Sommer wird, anstatt ihn für selbstverständlich hinzunehmen.«

»Das kann ich verstehen.« Matthew lächelte gelassen. »Wahrscheinlich ist keine Gegend perfekt.«

Aus irgendeinem Grund zwang seine Lässigkeit Jenny, noch mehr zu sagen. »Und das ist nicht alles«, fuhr sie fort. »Irgendwie sind hier schlechte Schwingungen. Als wären die Leute so sehr mit sich selbst beschäftigt, dass sie nicht mehr wissen, wie man Spaß hat. Ganz anders als zu Hause.«

»Wie sind denn die Leute bei dir zu Hause?«

Jenny zuckte die Achseln. »Ich weiß nicht, normal eben. Sie sind einfach richtige Menschen und keine Möchtegerns. Das ist einer der Gründe, warum Laura und ich es nicht begreifen konnten, dass Julia tatsächlich bereit war, den ganzen Sommer hier zu verbringen. Wir haben sie für verrückt gehalten. Zumal wir bisher den Großteil jedes Sommers zusammen verbracht haben, seit wir ungefähr zwölf waren.«

Jenny fragte sich, warum sie ihm das erzählte. Schließlich unterhielt sie sich nur aus Höflichkeit mit ihm. Warum also hatte sie ihm etwas so Persönliches erzählt?

Matthew nickte und wiegte sich im Takt der Musik. »Das muss hart für euch alle sein«, sagte er. »Aber am Ende wird alles gut werden. So ist es meistens.«

»Das kann man nie wissen. Was ist, wenn sie beschließt, dass es ihr hier besser gefällt? Ich meine, wenn ihr die vielen ultravioletten Strahlen aufs Gehirn geschlagen haben oder so? Was ist dann mit mir und ihren anderen Freunden zu Hause?« Jenny unterbrach sich. Sie konnte immer noch nicht begreifen, warum sie ausgerechnet Matthew ihr Herz ausschüttete. Schließlich kannte sie ihn kaum. Aber jetzt, wo sie angefangen hatte, sich alles von der Seele zu reden, konnte sie nicht damit aufhören. »Sie müsste schon verrückt geworden sein, um für immer hier bleiben zu wollen.«

Matthew sah sie nur an. »Wenn du meinst.«

»Das meine ich«, bestätigte Jenny bockig. »Ehrlich gesagt verstehe ich nicht, wie überhaupt jemand freiwillig hier leben kann. Bei all den Erdbeben und Schlammlawinen und so. Und dann muss man sich auch noch mit diesen schleimigen, unsicheren Hollywood-Windbeuteln abgeben. Das sollte natürlich keine Beleidigung sein.« Sie warf ihm einen kurzen Blick zu, doch er sah nicht im Mindesten beleidigt aus. Nur interessiert. »Und wenn man dann noch eine Hand voll Versager-Groupies, etwas Smog und eine Million willenloser Touristen dazugibt, was hat man dann? Einen Ort, an dem ich nicht begraben sein möchte.«

»Das ist natürlich eine Art, das Ganze zu sehen. Aber du bist erst seit ein paar Tagen hier. Wie kannst du dir sicher sein, schon alles gesehen zu haben?«

»Ich habe genug gesehen«, erwiderte Jenny trocken. »Glaub mir.«

Ein oder zwei Minuten tanzten sie schweigend. Dann sagte Matthew wieder etwas. »Weißt du was, Jenny«, bemerkte er nachdenklich, »du denkst zu viel über die

Vergangenheit und die Zukunft nach. Ich glaube, du wärst viel glücklicher, wenn du dir gelegentlich gestatten würdest, die Gegenwart zu genießen. Lebe den Augenblick.« Noch bevor Jenny darüber nachdenken konnte, packte er sie am Arm, direkt über dem Ellenbogen. »Komm mit. Ich will dir etwas zeigen.« Er führte sie von der Tanzfläche zu einer Seitentür, die ihr bisher noch nicht aufgefallen war.

Jenny war so überrascht, dass sie sich anfangs alles gefallen ließ. Bevor sie wusste, wie ihr geschah, stand sie auch schon auf einem schmalen Weg, der zwischen dem Klub und dem benachbarten Gebäude hindurch zum Strand hinunterführte.

»He«, sagte sie entrüstet und befreite erst jetzt ihren Arm aus seinem Griff. »Was soll das Ganze?«

Matthew ließ sie sofort los. »Der Mond ist aufgegangen«, sagte er. »Komm mit mir, wenn du eine andere Seite von Südkalifornien kennen lernen willst.« Er ging auf den Strand zu und rief ihr noch etwas über die Schulter zu, um sie herauszufordern. »Es sei denn, du möchtest lieber bei deiner vorgefassten Meinung bleiben. Das ist natürlich einfacher.«

Nach einem kurzen Kampf zwischen Verärgerung und Neugier siegte die Neugier und Jenny folgte ihm. Einer Herausforderung wie dieser konnte sie nicht widerstehen. Außerdem war es noch nicht allzu spät und es waren noch Unmengen von Leuten am Strand. Sie fühlte sich sicher – allerdings nicht vor Matthews merkwürdiger und entnervender Persönlichkeit.

Als sie den schmalen Fußweg zwischen den Gebäuden hinter sich gebracht hatte und den Strand vor sich liegen sah, blieb sie erst einmal stehen. Der Himmel war dunkel, abgesehen von einem Dreiviertelmond, der alles in ein kühles, weißes Licht tauchte und dem Sand und den Schaumkronen der Wellen dasselbe silberne Leuchten verlieh. Es war wunderschön.

Matthew war stehen geblieben und beobachtete ihre Reaktion. »Schön, nicht?«, fragte er beiläufig.

Sie warf ihm einen gereizten Blick zu. »Wenn's weiter nichts ist. Mondlicht haben wir auch an der Ostküste.«

»Das habe ich auch schon gehört.« Matthews Mund zuckte belustigt. »Aber wenn du dich noch ein paar Minuten geduldest, zeige ich dir etwas, das es bei dir zu Hause nicht gibt.«

Jenny seufzte. Nun hatte sie sein Spiel schon so weit mitgespielt, dass sie auch bis zum Ende dabeibleiben konnte. »Von mir aus«, sagte sie in demselben beiläufigen Tonfall, den auch er benutzte. Sie streifte die Schuhe ab und nahm sie in die Hand. Es war ein schönes Gefühl, barfuß durch den immer noch warmen Sand zu laufen. »Hast du vor, mir zu sagen, wohin du mich schleppst?«

»Das wirst du schon sehen, wenn wir da sind. Es ist nicht weit.«

»Eigentlich sollte ich Angst haben«, dachte Jenny und ging schneller, um mit Matthews langen, schwingenden Schritten mitzuhalten. »Habe ich nicht genug Gruselfilme gesehen, die genau so anfangen?« Doch im Grunde machte sie sich keine Sorgen. Schließlich waren noch hunderte von Leuten am Strand und noch viel mehr auf der Promenade nur wenige Meter von ihr entfernt. Und außerdem hatte Jenny das Gefühl, sich in letzter Zeit genug Sorgen gemacht zu haben. Wann hatte sie sich das letzte Mal Hals über Kopf in ein Abenteuer gestürzt? Wann hatte sie das letzte Mal etwas Neues ausprobiert? »Wahrscheinlich vor genau zwei Monaten«, dachte sie bedrückt.

Also sagte sie nichts und folgte Matthew über den Strand. Sie fragte sich allerdings, wohin er wohl ging. Wenn er glaubte, sie mit einer Strandansicht bei Mondschein beeindrucken zu können, hatte er sich geirrt. Die hatte sie schon gesehen. Und sie war nicht beeindruckt. Sie bevorzugte den Anblick des Mondlichts, das durch die Bäume fiel, wenn sie spät abends durch den Wald von Pine Hollow ritt.

Etwa zehn Minuten lang sagte keiner von ihnen ein Wort. Schließlich entdeckte Jenny vor sich eine Felsenreihe, die quer über den Strand bis zum Wasser verlief und den dahinter liegenden Strand verdeckte. Vielleicht war das ihr Ziel. Aber warum? War dort vielleicht eine Art kalifornischer Knutschparkplatz? Ging es nur darum? Irgendwie bezweifelte sie das.

»Was ist denn das?« Jenny hielt den Kopf schief und lauschte. Die leichte Ozeanbrise hatte ihr ein schwaches, bekanntes Geräusch zugetragen. »Musik?«

Matthew lächelte. »Wir sind gleich da.« Er trabte los und Jenny musste fast rennen, um mitzuhalten. Die Musik wurde bei jedem Schritt lauter, bis Jenny schließlich einen aktuellen Hit erkannte. Führte Matthew sie zu einem anderen Tanzklub? Doch die Musik schien vom Strand zu kommen und nicht von der Promenade.

Bevor sie darauf kommen konnte, hatte sie schon die Felsenreihe erreicht. Matthew kletterte zuerst hinüber, und als Jenny ihm folgte, sah sie, dass sich dahinter eine abgelegene Bucht befand.

Abgelegen, aber nicht einsam. Es war mindestens ein Dutzend Menschen dort. Einige lagen im Sand in der Nähe eines gigantischen Kassettenrekorders, andere waren im Wasser und ritten auf den zwei Meter hohen Wellen, die im Takt auf den Strand schlugen. Es waren Männer und Frauen aller Altersstufen, von einem blonden, höchstens zehn Jahre alten Jungen bis hin zu zwei Frauen, die älter sein mussten als Jennys Mutter.

»Da wären wir«, verkündete Matthew. Er drehte sich

zu Jenny um und bedachte sie mit einem strahlenden und leicht herausfordernden Lächeln. »In der Gegenwart.«

Mit diesen Worten drehte er sich um, streifte sein Hemd ab und rannte aufs Wasser zu. Er stoppte nur kurz, um sich ein unbenutztes Surfbrett zu schnappen, das auf dem Strand lag. Er warf das Brett in die Wellen und sprang hinterher.

Jenny zögerte. Und was sollte sie jetzt machen? Sollte sie einfach stehen bleiben?

Ihr erster Gedanke war, zum Klub zurückzugehen und ihre Freundinnen zu suchen. Doch eigentlich konnte sie sich noch nicht von der Szene in der Bucht losreißen. Es ging ein eigentümlicher Reiz vom Mondlicht, der Musik und ja, auch von Matthew aus …

»Ach, was soll's«, murmelte sie. »Man ist schließlich nur einmal jung.«

Sie ließ ihre Schuhe fallen und rannte auf die Gruppe am Strand zu. »Leiht mir jemand sein Brett?«, rief sie in die Runde. Eine der älteren Frauen zeigte auf ein neongelbes Surfbrett mit blauem Zickzackmuster und Jenny strahlte. »Danke!«

Das Surfbrett war schwerer, als sie erwartet hatte, doch sie klemmte es sich tapfer unter den Arm. Als sie auf das Wasser zurannte, warf sie einen Blick auf ihr T-Shirt und den Rock.

»Ein Glück, dass Mom mich nur Zeug kaufen lässt, das in die Waschmaschine darf«, dachte sie fröhlich.

Sie hechtete ins Wasser und schrie unwillkürlich auf, als das kühle Meerwasser ihre Kleidung durchdrang. Matthew hörte sie und sah sich zu ihr um. Er lag mit dem Bauch auf seinem Surfbrett und paddelte mit den Armen.

»Komm her!«, rief er. »Ich zeige dir, wie es geht.«

Sie nickte und konzentrierte sich darauf, ihr Brett zu ihm hinter die Brecherzone zu steuern. Sie war eine gute Schwimmerin und so dauerte es nicht lange, vor allem, als sie weit genug draußen war, um sich wie Matthew auf das Brett zu legen und mit den Armen zu paddeln. Als sie bei ihm ankam, ließ sie sich vom Surfbrett gleiten. Wassertretend packte sie sein Brett ... und kippte ihn mit einem schnellen Ruck ins Wasser.

Damit hatte er nicht gerechnet, doch er tauchte lachend wieder auf und das nasse Haar hing ihm in die Augen.

»He!«, rief er und schleuderte sich das Haar mit einer schnellen Kopfbewegung aus dem Gesicht. »Bringt man euch so etwas im Osten bei?« Er schwamm zu ihr, und bevor Jenny flüchten konnte, hatte er sie schon zwei oder drei Mal untergetaucht.

Das war der Anfang einer begeisterten Wasserschlacht. Irgendwann waren Jennys Arme so müde, dass sie wieder auf ihr Brett robbte, um sich auszuruhen. »Waffenstillstand?«, rief sie.

»Waffenstillstand«, bestätigte Matthew. »Bist du jetzt bereit für etwas *richtigen* Spaß?«

Das war der Moment, in dem Jennys kurzer Unterricht im Wellenreiten begann. Matthew zeigte ihr, wie man sich eine Welle aussuchte, und demonstrierte ihr in dem relativ ruhigen Wasser hinter der Brecherzone auch einige andere wichtige Grundlagen. »Bleib in der Hocke und halt dich fest, zumindest am Anfang. Versuch nicht zu stehen, bevor du ein Gefühl dafür hast, sonst gehst du baden.«

»Verstanden, Trainer.« Jenny nickte gehorsam. Als dann eine Welle kam, die ihr gefiel, versuchte sie ihr Glück. Als die Welle das Surfbrett vorwärts trug, versuchte sie natürlich doch zu stehen und ruderte dabei verzweifelt mit den Armen. Sie musste lächeln, als Matthew hinter ihr einen Jubelschrei ausstieß. Als sie schließlich endgültig das Gleichgewicht verlor und ins Wasser fiel, sauste er auf seinem Brett gekonnt an ihr vorbei.

»Gar nicht schlecht für eine Anfängerin«, rief er, als sie wieder auftauchte, nach Luft schnappte und hinter ihrem Surfbrett herschwamm.

»Danke«, rief sie zurück. »Ich wollte nur etwas klarstellen. Jenny Lake hat keine Angst, baden zu gehen!«

Nach einigen weiteren Versuchen klappte es einigermaßen. Als sie mit klitschnassen Kleidern und Haaren, einem von einer Welle aufgeschrammten Knie und vom Salzwasser brennenden Augen ungefähr zum zehnten Mal auf den Strand zusauste, musste sie sich eingestehen, dass sie nicht mehr wusste, wann sie zuletzt solchen Spaß gehabt hatte. Sie fühlte sich wieder wie ein unbeschwertes Kind und alle Gedanken an Autounfälle, betrübte Freundinnen und die ungewisse Zukunft waren wie weggeblasen.

Zum ersten Mal seit langer Zeit lebte Jenny den Augenblick.

Vierzehntes Kapitel

Jenny führte eine große Schimmelstute mit dem Namen Juwel zu dem Aufsitztreppchen neben dem Stall. Sie schwang sich in den Sattel. »Seid ihr bereit?«, rief sie ihren Freundinnen zu.

Julia nickte. Sie saß bereits auf Topsy. Laura war mit ihrem temperamentvollen Braunen schon ein paar Meter weggeritten und stellte gerade die Steigbügelriemen auf die richtige Länge ein.

Jenny wartete, bis Julia Topsy gewendet hatte und im Schritt auf die Berge zuhielt. Erst dann folgte sie mit Juwel und genoss den schwingenden Schritt der Stute ebenso wie die Wärme der Spätnachmittagssonne, die durch ihr dünnes T-Shirt drang.

»Es war wirklich nett von Skye, diesen Ausritt für uns zu organisieren«, sagte Laura.

Julia nickte. »Ich nehme an, er hat sich daran erinnert, wie gern wir ausreiten. Es war allein seine Idee. Er wollte, dass ihr an eurem letzten Tag noch einmal richtig Spaß habt.« Sie warf Jenny einen schelmischen Blick zu.

»Wenn auch jemand unter uns ist, der seinen Spaß schon gehabt hat.«

Jenny zog eine Grimasse. »Ha, ha«, sagte sie. Ihre Freundinnen zogen sie nun schon den ganzen Tag mit ihrem Surf-Abenteuer auf und allmählich war es nicht mehr lustig. Ihr war allerdings aufgefallen, dass die beiden sofort verstummt waren, wenn Matthew in Hörweite war. Sie hatte gemerkt, dass die beiden nicht genau verstanden, welche Rolle er dabei gespielt hatte, und daraus konnte sie ihnen keinen Vorwurf machen. Sie verstand es selbst nicht.

Sie wusste jetzt, dass Matthew ganz anders war als die Person, die er in der Serie spielte. So viel war klar. Es war auch klar, dass sie sich zu ihm hingezogen gefühlt hatte wie noch zu keinem anderen Jungen. Das bedeutete jedoch nicht, dass Phil ihr nichts mehr bedeutete oder dass sie etwas mit Matthew anfangen wollte.

»Vielleicht geht es Julia mit Skye und Alex ganz genauso«, überlegte sie. »Vielleicht hat sie auch irgendwie das Gefühl, dass er mehr ist als nur ein Freund. Dagegen kann sie nichts tun, genauso wenig, wie ich es bei Matthew kann. Aber das bedeutet noch lange nicht, dass sie Alex untreu wird. Es bedeutet nicht einmal, dass sie ihn jetzt weniger liebt. Oder vielleicht doch?«

Sie war sich nicht sicher. Sie konnte nur für sich selbst sprechen und sie wusste, dass sie Phil noch genauso liebte wie immer. Es war also möglich. Außerdem hatte Matthews Rat – den Augenblick zu leben, Tag für Tag – sie tiefer beeinflusst, als er jemals ahnen würde. Ihr war zum ersten Mal klar geworden, dass sie sich nicht nur zu viele Sorgen über die Zukunft machte, sondern dass auch die Vergangenheit sie nicht losließ. Der Unfall war schon vor zwei Monaten passiert, doch sie war immer noch nicht darüber hinweggekommen. Callie und Laura hatten das längst geschafft, nur sie nicht. Sie hatte versucht, anderen die Schuld dafür zu geben – Scott Forester mit seinen finsteren Blicken, der Fernsehreporterin und sogar besorgten Freunden, die sie ständig fragten, wie es ihr ging. Inzwischen war Jenny klar, dass sie damit genauso dumm reagiert hatte wie Summer, die ihr Leben davon abhängig machte, was andere Leute sagten oder dachten. Jenny war sich nicht sicher, ob Summer je begreifen würde, dass sie frei entscheiden konnte, wie sie mit Jeremiahs Drohungen umgehen sollte. Und es gab nicht viel, das Jenny – oder jemand anders – in diesem Fall für sie tun konnte. Doch Jenny sah ihre eigene Lage jetzt mit anderen Augen und war entschlossen, etwas zu unternehmen, damit alles besser wurde. Das würde nicht leicht werden – Scott war immer noch da und würde es ihr genauso schwer machen wie alle anderen –, aber sie wollte es zumindest versuchen. Tag für Tag.

»Was bleibt mir auch anderes übrig?«, fragte sie sich.

In diesem Augenblick stolperte Juwel über einen Stein und riss Jenny damit aus ihren Gedanken. Sie vergewisserte sich mit einem kurzen Seitenblick, ob ihren Freundinnen ihre ungewöhnliche Schweigsamkeit aufgefallen war. Auch wenn sie sich mit ihren merkwürdigen Gedanken inzwischen etwas wohler fühlte, wollte sie doch nicht, dass die beiden glaubten, sie dächte an Matthew.

Doch die beiden sahen nicht einmal in ihre Richtung. Julia machte ein nachdenkliches Gesicht. Jenny fragte sich sofort, woran sie wohl dachte, und bei dem Gedanken an ihren Bruder, der einsam zu Hause saß und seine Freundin vermisste, krampfte sich ihr Magen zusammen.

Doch dann schüttelte sie den Kopf. Solche Gedanken halfen niemandem. Sie konnte genauso gut Matthews Rat beherzigen, den Augenblick leben, diesen Ausritt genießen und versuchen, die Zukunft eine Weile zu vergessen. Denn in diesem Fall hing die Zukunft ohnehin allein von Julia ab. Allerdings hatte auch Laura versucht, den Augenblick zu leben, und war damit gehörig auf die Nase gefallen … Jenny drehte sich zu ihr um. Laura starrte abwesend geradeaus und ihr Gesicht trug wieder den Ausdruck, den ihre Freundinnen in den letzten Tagen oft zu sehen bekommen hatten – eine Mischung aus Schmerz, Nachdenklichkeit und etwas Misstrauen.

Laura bemerkte Jennys Blick nicht. Sie ließ in Gedanken zum x-ten Mal ihre kurze Romanze mit Jeremiah Revue passieren. Sie konnte immer noch nicht begreifen, warum alles so verkehrt gelaufen war. Wie hatte er sie so täuschen können? Wieso wusste sie sofort, wenn ein Pferd etwas im Schilde führte, merkte aber nicht, wenn ein Mensch eine Gemeinheit plante? Hatte sie wirklich so wenig Ahnung vom anderen Geschlecht?

Wahrscheinlich ja. Was Verabredungen und Liebschaften anging, war sie immer etwas zurückhaltender gewesen als Jenny und Julia. Als sie alle drei noch jünger waren, hatte sie das nicht gestört, doch in letzter Zeit hatte Laura das Gefühl, etwas zu verpassen, als hätte man sie zurückgelassen, ohne dass sie es gemerkt hatte. Ihre beiden Freundinnen hatten einen festen Freund und manchmal kam es ihr vor, als wären die beiden dadurch Mitglieder in einem geheimen Klub geworden, dem sie noch nicht beitreten durfte.

Im Augenblick allerdings war sie nicht sicher, ob sie das überhaupt wollte. Nach allem, was passiert war, würde es vermutlich eine Weile dauern, bis sie das nächste Mal einem Jungen vertraute, auch wenn er ihr noch so viele Komplimente machte. Sich von der Strömung treiben zu lassen, war ihr wie eine gute Idee erschienen, doch jetzt wusste sie, dass der Preis für ein wenig Risikobereitschaft ziemlich hoch sein konnte.

»Aber diese Reise hatte nicht nur schlechte Seiten«, erinnerte sie sich selbst. »Immerhin habe ich Julia wieder gesehen. Und ich habe inzwischen gelernt, dass nicht jedes leichte Erdbeben ein Vorbote des ganz großen Dings ist.« Bei diesem Gedanken hätte sie beinahe gelächelt. Nachdem sie überlebt hatte, was Jeremiah ihr angetan hatte, empfand sie das schwache Rumpeln unter ihren Füßen nicht mehr als so bedrohlich. Sie konnte allerdings immer noch nicht begreifen, wie Leute freiwillig in einem Erdbebengebiet leben konnten. Ihr war der ruhige, unbewegliche und massive Boden von Willow Creek allemal lieber.

Als ihr bewusst wurde, dass sie lange Zeit geschwiegen hatte, warf sie einen kurzen Blick auf Jenny und Julia. Sie wollte auf keinen Fall, dass die beiden merkten, woran sie gedacht hatte, und dann wieder eine wohlmeinende Ansprache hielten. Doch zum Glück schienen die beiden in ihre eigenen Gedanken vertieft zu sein. Die drei Mädchen standen sich so nah, dass es ihnen manchmal vorkam, als könnte jede die Gedanken der beiden anderen lesen, doch im Moment wollte Laura sich lieber nicht vorstellen, was die beiden dachten. Sie hatte versucht, sich nicht anmerken zu lassen, dass es sie schockiert hatte, dass Jenny mit Matthew losgezogen war, doch das war ihr nicht leicht gefallen. Das Überraschende daran war nicht, dass Jenny voll bekleidet surfen gegangen war – so war Jenny eben. Aber seit wann wechselte sie von der totalen Ablehnung eines jungen Mannes plötzlich zu heftigem Erröten, sobald besagter junger Mann im Stall auftauchte? Was hatte das zu bedeuten? Laura war sich nicht sicher, ob sie es wirklich wissen wollte. Es bewies nur wieder einmal, dass die Beziehungen zwischen Männern und Frauen viel komplizierter waren, als sie vermutet hatte.

Und dann war da noch Julia. Laura hätte gern geglaubt, dass sie so still war, weil sie sich einfach darauf freute, bald wieder nach Hause zu kommen. Sie wusste jedoch, dass es vermutlich nichts so Einfaches war. Sie selbst war so in ihre Kalifornien-Begeisterung und ihre kurze Affäre vertieft gewesen, dass sie Jennys Bedenken anfangs kaum beachtet hatte. Aber jetzt, wo die Abreise immer näher rückte, fiel ihr auf, dass Julia noch nicht über ihre Rückkehr nach Willow Creek gesprochen hatte. Sie hatte sogar Alex kaum erwähnt. Sollte Jennys Verdacht doch richtig sein? Hatte sich Julia in diesem Sommer in Skye oder, noch schlimmer, in Kalifornien verliebt? Wünschte sie sich wirklich hier zu bleiben?

Julia war so in Gedanken versunken, dass ihr das Schweigen ihrer Freundinnen nicht auffiel. Sie dachte an all die Dinge, die ihren Sommer in Kalifornien so großartig gemacht hatten. Es war schwer, sich einzugestehen, dass dieser Sommer so bald zu Ende sein würde.

»Oder vielleicht doch nicht?«, fragte sie sich. »Ich habe nicht mehr viel Zeit, eine Entscheidung zu treffen. Ich muss herausfinden, wohin ich gehöre und welcher Ort am besten für mich ist.«

Ihr war natürlich klar, dass es das Einfachste war, sich von der Strömung treiben zu lassen und nach Hause zu fahren. Das würde bedeuten, dass sie in der nächsten Woche brav nach Willow Creek zurückflog, wie es alle von ihr erwarteten. Aber wenn sie das zuließ, bedeutete es, dass nicht sie es war, die über ihr Leben bestimmte. Sie wusste, dass die meisten Leute sie für ein vernünftiges und braves Mädchen hielten. Hatte sie wirklich die Kraft, dieses eine Mal zu rebellieren und nicht das zu tun, was man von ihr erwartete?

Sie wusste es nicht. Sie wusste nicht einmal, was sie selbst wollte. Natürlich wären ihr Vater und Evelyn begeistert, wenn sie bliebe, genau wie Skye und ihre anderen Freunde am Drehort. Vielleicht konnte sie dort sogar halbtags weiterarbeiten, wenn die Schule wieder anfing. Wenn sie blieb, konnte sie Lily heranwachsen sehen und im Leben ihrer Schwester eine wichtige Rolle spielen. Wenn sie sich so entschied, mussten ihre Mutter und ihre Freunde zu Hause eben damit fertig werden. Dasselbe galt für Alex, obwohl ihr natürlich klar war, dass sich eine Beziehung über diese Entfernung sicher nicht lange aufrechterhalten ließ. Doch irgendeine Lösung würden sie bestimmt finden. Natürlich würde es nicht leicht sein, aber in nicht allzu ferner Zukunft würde sie ohnehin aufs College gehen und wer konnte schon voraussagen, was dann passierte?

Auch wenn Julia sich bemühte, ihr Problem so rational anzugehen wie möglich, graute ihr doch vor der Trennung von Alex und von Jenny und Julia. Sie kannten sich nun schon so lange ... Doch sie hatte jetzt auch Freunde in Kalifornien. Natürlich waren diese Freundschaften noch nicht so eng wie die mit ihren alten Freundinnen, aber wer wusste schon, wie sich die Dinge entwickeln würden, wenn sie die Gelegenheit wahrnahm? Außerdem hatte ihr ihre Arbeit hinter den Kulissen von *Paradise Ranch* unheimlichen Spaß gemacht. Sie hatte ihr die Chance geboten, alles zu sehen, was für die Produktion einer Fernsehserie nötig war. Mittlerweile überlegte sie sogar, ob das alles interessant genug war, um eines Tages einen Beruf in dieser Branche zu ergreifen. Natürlich war die Konkurrenz in diesem Bereich groß – und die beste Methode, einen Fuß in die Tür zu bekommen, war, dazubleiben und jetzt schon so viel zu lernen, wie sie konnte.

Plötzlich fiel Julia auf, dass ihre Freundinnen ungewöhnlich still waren. Sie ritten nun schon fast eine halbe Stunde und bisher hatte keine von ihnen ein Wort gesagt. Sie betrachtete die beiden und bemerkte, dass sie beide nachdenklich und irgendwie ernst aussahen. Sie vermutete, dass Laura immer noch an Jeremiah dachte. Und Jenny war durch die bevorstehende Heimreise wahrscheinlich wieder an den Unfall erinnert worden. Julia beneidete die Freundinnen nicht um ihre Probleme, doch sie war entschlossen, alles in ihrer Macht Stehende zu tun, um ihnen zu helfen. Sie wusste allerdings auch, dass sie kaum mehr tun konnte, als zuzuhören und einfach moralischen Beistand zu leisten.

»Ich hoffe nur, dass ich dasselbe von ihnen erwarten kann«, dachte sie. »Wie auch immer ich mich entscheide. Aber ich weiß, dass sie es zumindest versuchen werden, auch wenn ...«

Sie seufzte. Es würde nicht leicht werden. Sie versuchte, im Kopf eine Liste der Vor- und Nachteile anzulegen, doch es war unmöglich, eine klare Trennung zu finden. Wenn sie blieb, würde sie ihren Freund, ihre besten Freundinnen und ihre Mutter vermissen. Wenn sie nach Willow Creek zurückging, würde sie ihren Vater, Lily und ihre neuen Freunde vermissen. Das letzte Schuljahr auf einer neuen Schule zu absolvieren, würde nicht leicht sein. Andererseits boten sich ihr hier Möglichkeiten, die sie zu Hause nicht hatte. Und so weiter und so fort ... Zum Schluss war sie nicht mehr sicher, ob die Vor- oder die Nachteile überwogen.

Das bedeutete jedoch nicht, dass sie aufgab. Sie hatte

sich selbst das Versprechen gegeben, sich nicht passiv zu verhalten, sondern eine aktive Entscheidung zu treffen. Das Versprechen, das zu tun, was für sie selbst am besten war und nicht für jemand anderen.

Bisher hatte Julia ihre Versprechen immer gehalten.

Fünfzehntes Kapitel

»Kannst du dir vorstellen, dass morgen die Schule wieder anfängt?«, bemerkte Laura, hängte sich Silbersterns Trense über die Schulter und griff nach seinem Sattel.

Jenny stöhnte. »Erinnere mich bloß nicht daran«, sagte sie und trug ihr Sattelzeug zu Belles Box. »Ich bin jetzt schon deprimiert genug. Aber ich denke, wenn ich den Gedanken lange genug verdränge, wird es so ähnlich sein wie ein Sprung in kaltes Wasser – der Schock wird mich so lange betäuben, bis ich mich daran gewöhnt habe.«

»Wenn du meinst«, sagte Laura grinsend. »Ich hoffe nur, das bedeutet nicht, dass du dich vor unserem letzten Ausritt in diesen Ferien drücken willst.«

»Keine Sorge. Belle hat mir noch nicht verziehen, dass ich sie letzte Woche allein gelassen habe, um Julia zu besuchen. Wenn sie noch länger steht, kann ich sie als Rodeopferd verkaufen.«

Die beiden Mädchen trugen ihr Sattelzeug durch die fast leere u-förmige Stallgasse von Pine Hollow. Da überall in Willow Creek die Schule am nächsten Tag wieder anfing, waren die meisten anderen jungen Reiter auf Partys oder Grillfesten oder machten letzte Einkäufe und Jenny und Laura hatten den Stall fast für sich allein. Es machte die beiden immer ein wenig traurig, wenn ein Sommer zu Ende ging und der Alltagstrott wieder anfing, doch in diesem Jahr war es besonders schlimm.

Jenny beschloss, nicht darüber nachzudenken. »Ich bin froh, dass Skyes Serie so gut ist«, sagte sie. »Man merkt jetzt schon, dass sie ein Knüller wird.«

Laura nickte. Am Vorabend war *Paradise Ranch* endlich im Fernsehen angelaufen und sie hatten sich alle bei Jenny getroffen, um die erste Folge zu sehen. Sogar Jennys Eltern waren sehr angetan gewesen – allerdings hatte es Laura jedes Mal einen Stich versetzt, wenn Rand Hayden auf dem Bildschirm erschienen war.

»Es war klasse, dass Julias Name im Nachspann zu lesen war, nicht wahr?«, fragte Laura, hauptsächlich, um sich von ihren Gedanken an Jeremiah abzulenken.

»Klar. Und zum Glück haben wir die Sendung aufgenommen und konnten den Nachspann noch einmal in Zeitlupe ablaufen lassen«, alberte Jenny. »Denn bei normalem Tempo hätten wir ihren Namen zwischen all den anderen nie entdeckt.«

Laura lächelte. »Keine Sorge. Wenn Julia es ernst meint, sich um einen Job bei einer Fernsehproduktion zu bewerben, wird ihr Name schon bald in größeren Buchstaben erscheinen. Du kennst doch Julia – sie macht keine halben Sachen.«

»Ich weiß.« Einen Moment lang schwieg Jenny. Die Mädchen betraten die Boxen ihrer Pferde, die direkt nebeneinander lagen.

Als Jenny den Sattel auf den Rücken ihrer Stute hob, bemerkte sie, dass sich die Naht an einem ihrer Steigbügelriemen gelöst hatte. Sie zog den Sattelgurt an, zerrte den Riemen aus der Sturzfeder und verließ die Box.

Sie reckte den Kopf über die Halbtür von Silbersterns Box. »Ich muss noch einmal in die Sattelkammer«, sagte sie und hielt den beschädigten Riemen hoch. »Ich bin gleich wieder da.«

Sie eilte durch die Stallgasse. Auf halbem Wege hörte sie Schritte, und einen Moment später bog Scott um die Ecke.

Er sah sie sofort und sein Gesicht verzog sich zu der üblichen unbeweglichen Maske der Ablehnung. Als sie sich auf der schmalen Gasse immer näher kamen, wendete er seinen Blick ab, als könnte er es nicht ertragen, Jenny anzusehen.

Jenny wollte verlegen an ihm vorbeihuschen, wie sie es den ganzen Sommer getan hatte. Doch dann erinnerte sie sich an ihre guten Vorsätze. »Ich kann Scotts Verhalten oder seine Gefühle nicht ändern«, sagte sie sich streng. »Aber meine eigenen schon. Egal, was Scott – oder irgendjemand anderes – tut, um mich durcheinander zu bringen.«

Als sie Scott fast gegenüberstand, zwang Jenny sich zu einem Lächeln. »Hallo Scott«, sagte sie höflich. »Wie geht's?«

Scott war eindeutig schockiert. Er kam aus dem Takt, doch sein Gesicht wurde nicht freundlicher. Schließlich nickte er kurz und hastete weiter.

Als er fort war, seufzte Jenny. »Einen Tag nach dem anderen«, murmelte sie und setzte ihren Weg zur Sattelkammer fort.

Laura ließ sich beim Satteln Zeit. »Hast du mich letzte Woche vermisst?«, flüsterte sie Silberstern zu und entwirrte sorgfältig einen kleinen Knoten in seiner seidigen schwarzen Mähne. »Ich habe dich vermisst. Ganz gleich, wie schön all diese Filmpferde waren – dir können sie nicht das Wasser reichen. Und ich kann mir nicht vorstellen, dass das irgendjemand anders sieht.«

Silberstern stand gelassen da und kaute Heu. Als Laura seine Mähne entwirrt hatte, ging sie zur Boxentür, um das auf der Türkante liegende Sattelzeug zu holen. Dabei hörte sie, wie jemand auf ihre Box zuging. Da sie annahm, dass es Jenny war, reckte sie den Kopf zur Tür hinaus.

»Das ging aber schnell«, sagte sie. »Bist du den ganzen Weg gerannt? Oh! Ben, du bist es.«

»Hallo Laura.« Ben blieb vor der Box stehen. »Was habt ihr vor?«

»Wir wollen ausreiten«, sagte Laura. Sie hatte Ben seit ihrer Rückkehr aus Kalifornien ein paar Mal gesehen, aber noch keine Gelegenheit gehabt, mit ihm zu sprechen. »Abgesehen davon, dass Ben auch nicht gerade gesprächig ist, wenn sich die Gelegenheit bietet«, fügte sie in Gedanken hinzu.

Doch es gab etwas, das sie ihn unbedingt fragen musste. Es war eigentlich nur eine Kleinigkeit, doch es passte nicht zu dem, was sie über Ben wusste – oder zu wissen glaubte.

»Ach«, sagte sie betont beiläufig. »Was ich noch fragen wollte: Ist Veronica diAngelo noch einmal zum Reiten gekommen, als ich weg war?«

Falls Ben die Frage komisch fand, ließ er es sich nicht anmerken. »Nein. Nach dem einen Mal vor deinem Urlaub war sie nicht wieder hier.«

»Tatsächlich? Wie schade.« Laura ließ ihn nicht aus den Augen, obwohl sie so tat, als wäre sie mit Silbersterns Sattel beschäftigt. Sie wusste, dass es dumm und kleinlich war, aber sie kam nicht über die anerkennenden Worte hinweg, die Ben über Veronica geäußert hatte. Schließlich mochte er die wenigsten Leute – nicht einmal nette, freundliche Leute wie Scott Forester. Wie kam er dann dazu, ausgerechnet über Veronica etwas Nettes zu sagen?

Jetzt sah Ben doch etwas überrascht aus. »Wieso schade? Ich denke, du kannst sie nicht leiden?«

»Kann ich auch nicht«, erwiderte Laura knapp. »Aber dir scheint sie gefallen zu haben.«

Ben zuckte die Achseln und einen Moment lang war Laura sicher, dass er nichts mehr dazu sagen würde. Aber dann tat er es doch. »So weit würde ich nicht gehen.«

»Wie meinst du das?«

Ben zuckte wieder die Achseln und schien keine große Lust zu haben, es ihr zu erklären. »Sie reitet ganz gut, aber davon abgesehen ist sie ziemlich unsympathisch.«

»Das hast du gemerkt?« Laura konnte es kaum glauben. Anscheinend hatte sie Ben wieder einmal unterschätzt. »Aber warum warst du dann so nett zu ihr?«

Ben sah sie fragend an. »Warum soll ich nicht höflich sein? Ich muss sie schließlich nicht mögen, um ein Pferd für sie zu satteln. Außerdem ist sie vielleicht eine hochnäsige Person, aber sie versucht wenigstens nicht, es zu verbergen. Sie ist tatsächlich so, wie sie sich gibt, und spielt einem kein Theater vor.«

Das war eine der wenigen längeren Ansprachen, die Laura bisher von Ben gehört hatte, und sie verriet ihr alles, was sie wissen musste, und zudem noch ein paar weitere Dinge, die er nicht ausgesprochen hatte. Jetzt verstand sie und sie hätte es schon längst verstehen müssen. Wenn es etwas gab, das Ben nicht ausstehen konnte, dann war es Heuchelei. Deswegen hatte er Veronica so gelassen ertragen. Sie mochte zwar unausstehlich sein, aber zumindest verschwendete sie in der Regel keine Zeit darauf, andere Leute davon zu überzeugen, dass sie nicht eingebildet und hochnäsig war. Laura hatte schon vermutet, dass Ben Scott Forester für einen ebensolchen Blender hielt wie seinen Vater, den Politiker. Diese Art der Unaufrichtigkeit war ihm zuwider und deshalb konnte er Scott nicht leiden.

Was Scott anging, war Laura nicht derselben Ansicht wie Ben. Doch auch bei Veronica hatte sie ihre Zweifel, denn sie wusste aus Erfahrung, wie gut Veronica heucheln konnte, wenn es ihren Zwecken diente. Aber im Grunde spielte das keine Rolle. Sie war nur froh, dass ihre Fragen zu den von Ben bevorzugten Zeitgenossen jetzt beantwortet waren.

Ben ging wieder an die Arbeit und Jenny kehrte mit einem neuen Steigbügelriemen zurück. Kurz darauf waren beide Pferde gesattelt. »Ich denke, wir können los«, sagte Jenny und führte Belle aus dem Stall.

Laura folgte ihr mit Silberstern zu dem Glücksbringer-Hufeisen, das in der Nähe des Haupttores an der Wand hing. Es hing dort schon seit ewigen Zeiten und es hieß, dass sich noch nie ein Reiter, der es zu Beginn seines Rittes berührt hatte, beim Reiten ernstlich verletzt hatte. Die beiden Mädchen saßen auf und trieben ihre Pferde so dicht an die Wand heran, dass sie mit den Fingern über das abgenutzte Metall streichen konnten.

»Irgendwie ist es komisch«, sagte Jenny und nahm die Zügel wieder in beide Hände. »Irgendwie sind unsere Ausritte in diesem Sommer nicht mehr so wie früher. Und jetzt ...«

»Hallo!«, rief jemand von der Tür. »Tut mir Leid, dass ich zu spät komme.«

Laura lächelte Julia zu. »Es wird aber auch Zeit«, scherzte sie. »Wir wollten schon ohne dich losreiten.«

»Tut mir Leid«, sagte Julia noch einmal. »Ihr kennt doch meine Mutter. Sie hat gesagt, wir würden nur kurz ins Einkaufszentrum fahren, aber als wir erst einmal dort waren, musste sie unbedingt alles nachholen, was wir diesen Sommer an Einkaufsmöglichkeiten verpasst haben.«

»Glaub Laura kein Wort«, riet Jenny. »Wir haben schon so etwas vermutet und wollten auf dem Platz reiten, bis du kommst.«

Julia war schon auf dem Weg in die Sattelkammer.

»Macht das«, rief sie über die Schulter. »Ich komme nach, so schnell ich kann.«

Sie beeilte sich wirklich, holte das Sattelzeug, begrüßte ihre geliebte Dakota Lady und sattelte sie ruhig, aber zügig.

Obwohl sie schon seit drei Tagen wieder zu Hause war, musste sie sich immer noch daran gewöhnen, wieder in Willow Creek zu sein, dem Ort, an dem sie aufgewachsen war. Sie hatte sich die Entscheidung nicht leicht gemacht und wäre beinahe in Kalifornien geblieben. Doch schließlich hatte sie sich doch für die Rückkehr entschieden. Sie hatte hier ein erfülltes Leben und vieles, auf das sie sich in ihrem letzten Schuljahr auf der High School freuen konnte. Und wenn sie danach aufs College ging, würde sie noch früh genug neue Leute und Orte kennen lernen.

»Es war keine leichte Entscheidung, das steht fest«, erzählte sie Lady, während sie den Sattelgurt festzog. »Aber ich bin froh, dass ich mir die Zeit genommen habe, ernsthaft darüber nachzudenken, und ich glaube, dass ich richtig entschieden habe – zumindest vorläufig.«

Sie ging allerdings davon aus, dass sie den Möglichkeiten, die sie jetzt verpasste, immer ein wenig nachtrauern würde, und sie würde nie wissen, was geschehen wäre, wenn sie sich anders entschieden hätte.

Doch mittlerweile war ihr klar geworden, dass es im Leben immer wieder Entscheidungen zu treffen galt. Und wenn sie sich ihnen nicht stellte, konnte sie genauso gut gleich aufgeben und andere Leute über ihr Leben bestimmen lassen.

Sie führte Dakota Lady aus dem Stall und saß auf. Als sie sich zur Seite lehnte, um über das Hufeisen zu streichen, musste sie unwillkürlich lächeln. Die Geste fühlte sich so vertraut an, so automatisch – so heimelig. Wie viele Jahre hatte sie nun schon über das abgenutzte Stück Metall gestrichen und darauf vertraut, dass es ihr Glück brachte?

»Aber eigentlich geht es dabei nicht um Glück, nicht wahr, Lady?«, flüsterte sie. »Es geht nur darum, dass man bereit ist, eine Entscheidung zu treffen.«

Sie klopfte der Stute den Hals und ließ sie antraben, um schneller bei ihren Freundinnen zu sein, die auf dem Reitplatz herumgaloppierten. Sie konnte es kaum erwarten, endlich wieder mit ihnen auszureiten und wieder in den Rhythmus ihres gewohnten – und selbst gewählten – Zuhauses zu kommen.

Kurz vor dem Tor hielt sie noch einmal an, gerade lange genug, um Lady noch etwas ins Ohr zu flüstern: »Und weißt du, was das Beste ist, Lady? Es steht einem jederzeit frei, sich anders zu entscheiden.«

So geht es weiter …

Aus: Reiterhof Pine Hollow, Bd. 4

Wer macht das Rennen?

(RTB 8133)

»Callie! He Callie!«, versuchte Jenny Lake die Rufe und das Lachen zu übertönen, die von den Wänden der Pausenhalle widerhallten. Callie Forester lehnte ein paar Meter vor ihr am Trinkbrunnen nahe dem unteren Ende der Nordtreppe. »Callie!«

Callie drehte sich um und beobachtete, wie Jenny sich ihren Weg durch die Masse der Schüler bahnte. »Keine Sorge, ich laufe dir schon nicht weg. Mich könnte zurzeit sogar eine Schildkröte überholen.«

Jenny warf einen Blick auf die hässlichen Metallkrücken, auf die Callie sich stützte in dem Bemühen, ihr linkes Bein zu entlasten. »Tut mir Leid«, murmelte Jenny. »Ich wollte nicht ...«

Callie tat die Entschuldigung mit einer Handbewegung ab. »Hör auf damit«, befahl sie. »Das sollte ein Witz sein. Du weißt schon – hach, ist das lustig.«

Jenny lächelte matt. »Ha, ha«, sagte sie. »Sehr komisch.«

Jenny war berühmt für ihren Sinn für Humor, aber

wenn es um Callies Zustand ging, fiel es ihr schwer zu lachen. Callie hatte einen Hirnschaden erlitten, der sie zwang, den Gebrauch ihrer linken Körperseite neu zu erlernen. Jenny hatte an jenem Gewitternachmittag vor gut zwei Monaten am Steuer gesessen und deshalb war es nur natürlich, dass sie immer noch unter Schuldgefühlen litt, ungeachtet der Tatsache, dass andere Leute – unter ihnen auch Callie – ihr immer wieder versichert hatten, dass sie keine Schuld an dem Unfall hatte. Inzwischen wusste Jenny, dass sie das Abstürzen des Wagens von der regennassen Straße in der Nähe von Pine Hollow ebenso wenig hätte verhindern können wie das tägliche Aufgehen der Sonne. Aber das verstandesmäßige Wissen war etwas ganz anderes als das, was sie im Innern ihres Herzens empfand.

Deshalb hatte Jenny, während Callie sehr viel Zeit und Energie auf die Überwindung ihrer körperlichen Probleme verwendet hatte, sich ebenso sehr bemüht, ihre seelischen Probleme zu überwinden, und inzwischen hatten beide gute Fortschritte gemacht. Dennoch begann Callie das neue Schuljahr auf Krücken und mit einem starken Hinken und Jenny litt immer noch, wenn sie mit ansehen musste, wie ihre neue Freundin versuchte zu laufen, aufzustehen, aufs Pferd zu kommen oder sonst etwas zu tun, was für die meisten anderen Leute selbstverständlich war.

Jenny zwang sich, in Callies Gesicht zu sehen und nicht länger auf ihr linkes Bein zu starren. »Und wie gefällt dir dein erster Tag in Fenton Hall?« Sie deutete mit einer Handbewegung auf das Gewimmel der lärmenden Schüler. »Ich habe dich bisher kaum zu Gesicht bekommen.«

»Ich weiß.« Callie wendete ihre dunkelblauen Augen von Jennys Gesicht ab und ließ sie über die Menge schweifen. »Ich hatte gehofft, dass wir ein paar Stunden gemeinsam haben würden. Es wäre für mich wesentlich leichter gewesen, wenn ich am ersten Tag eine Freundin in der Nähe gehabt hätte, anstatt dumm herumstehen zu müssen, bis alle anderen sich gesetzt haben.«

Jenny nickte verständnisvoll. Sie wusste, dass Callie auf Fremde etwas arrogant und einschüchternd wirken konnte – zumindest auf manche Leute. Das lag zum Teil vermutlich daran, dass sie die Tochter eines Kongressabgeordneten war, aber Jenny war sich ziemlich sicher, dass Callies natürliche Zurückhaltung und ihre eiserne, manchmal sogar übertriebene Entschlossenheit eine noch größere Rolle spielten. Jenny selbst hatte Callie sofort gemocht, aber das konnte daran liegen, dass ihr solche Feinheiten oft nicht sofort auffielen. Sie neigte dazu, jeden zu mögen, der ihr über den Weg lief – solange ihr niemand einen Grund gab, das Gegenteil zu empfinden, und einen solchen Grund hatte Callie ihr nie gegeben. In den letzten zwei Monaten waren die beiden gute Freundinnen geworden und Jenny hatte schnell gemerkt, dass sich hinter Callies kühlem Äußeren ein Mensch verbarg, der im Grunde schüchtern und in vieler Hinsicht unsicher war – die Art von Mädchen, dem es widerstrebte, sich in einem Klassenraum voller fremder Schüler hinzusetzen, bevor alle anderen ihre Plätze eingenommen hatten. »Wenigstens kennst du ein paar von den anderen«, sagte Jenny ermutigend. »Es sind doch welche darunter, die auch in Pine Hollow reiten, oder etwa nicht?«

»Doch«, sagte Callie. »Lorraine Olsen ist in meinem Geschichtskurs und dieser nette Junge mit den Grübchen – George, wenn ich mich recht erinnere – ist in meinem Chemiekurs.« Sie verdrehte die Augen. »Und das ist ein wahres Glück. In Chemie brauche ich unbedingt jemanden, der mir auf die Sprünge hilft. Heute hatten wir die erste Stunde und ich habe nur ›Bahnhof‹ verstanden.«

»Wenn es dir schon so geht«, witzelte Jenny, »dann werde ich vermutlich völlig aufgeschmissen sein. Ich habe in der nächsten Stunde Chemie. Vielleicht sollte ich mir in den nächsten« – sie sah auf ihre Uhr – »viereinhalb Minuten heftige Bauchschmerzen zulegen.«

Callie hob eine Braue. »Das rettet dich vielleicht heute«, sagte sie. »Aber was machst du den Rest des Jahres?«

Jenny zuckte die Achseln. »Mir wird schon etwas einfallen. Vielleicht ist es ein neues Virus, das mir jeden Tag vor der sechsten Stunde zu schaffen macht.«

Callie lachte und Jenny stimmte in das Lachen ein. Es war schön, eine neue Freundin zu haben, mit der man sich in den Pausen unterhalten konnte, auch wenn sie nicht viele Stunden gemeinsam hatten. Im Gegensatz zu Callie war Jenny kein bisschen schüchtern und immer bereit, andere Menschen kennen zu lernen. Sie hatte in Fenton Hall dutzende von Freunden und hunderte von Bekannten, Leute, die mit ihr im Schülerrat saßen oder denen sie in der immer wechselnden Gruppe an ihrem Lieblingstisch am hinteren Ende der Cafeteria begegnet war. Ihre besten Freundinnen allerdings hatte sie im Stall von Pine Hollow. Dort hatte sie Laura Hanson und Julia Atwood vor etlichen Jahren kennen gelernt und seitdem waren die drei unzertrennlich. Laura und Julia gingen auf die Willow Creek High School am anderen Ende der Stadt, was bedeutete, dass Jenny bei weitem nicht so viel Zeit mit ihnen verbringen konnte, wie sie es gern getan hätte, zumal Familie, Hausaufgaben, Freunde, Jobs und andere Aktivitäten so viel von ihrer aller Freizeit beanspruchten.

Callie verlagerte ihr Gewicht ein wenig und stützte einen Ellenbogen auf den Trinkbrunnen. »Wahrscheinlich sollte ich die gute Seite der Sache sehen«, sagte sie. »Zumindest bin ich im richtigen Alter für den Chemiekurs. Zu Hause gehörte er in die Oberstufe, also hat Scott ihn noch nicht absolviert.« Ihre Augen funkelten. »Und eines kannst du mir glauben – er ist gar nicht begeistert davon, mit uns primitiven Unterstuflern in einem Kurs sitzen zu müssen.«

Diesmal war Jennys Lachen ein wenig ungezwungener. Sie dachte über Callies Bruder nach. Scott Forester war nett, aufgeschlossen und überaus liebenswert, ein Star in seinem Debattierklub zu Hause, von dem jeder erwartete, dass er eines Tages in die politischen Fußstapfen seines Vaters treten würde. Im Gegensatz zu Callie schien er mühelos mit jedem Menschen auszukommen, der ihm über den Weg lief – außer mit Jenny. Scott machte Jenny noch immer für den Unfall und den Zustand seiner Schwester verantwortlich, obwohl Callie und ihre Eltern ihr längst verziehen hatten und die Polizei sie von jeder Schuld freigesprochen hatte. Aber Scott schien weder vergessen noch verzeihen zu können; er redete mit Jenny nicht mehr so unbefangen, wie er es vor dem Unfall getan hatte. Er wendete sogar den Blick ab, wenn sie sich auf der Stallgasse begegneten.

Aus der Reihe »Reiterhof Pine Hollow«
sind bisher folgende Bände im Ravensburger Buchverlag
erschienen:

Bonnie Bryant

Bd. 1: Der Sattelclub überspringt alle Hindernisse (RTB 8130)
Bd. 2: Zurück nach Pine Hollow (RTB 8131)
Bd. 3: Die Zügel fest im Griff (RTB 8132)
Bd. 4: Wer macht das Rennen? (RTB 8133)